신화와 전설이 만날 때

신화와
전설이 만날 때

김가영 수필집

열림문화

신화와
　전설이 만날 때

세상에는 누가 뭐라고 해도 아름다운 것이 있다. 꽃처럼 죽음과 동시에 부활의 본질이 포함되어 있는 신화와 전설이 그렇다.

　감정을 억제하는 것을 미덕으로 그려내는 우리의 전설 속 인물에 비해 울고 웃고 결투하는 그리스신화의 등장인물에도 흥미가 있다.

　지금 앞에 예측 할 수 없이 존재하는 미래.

　미래를 믿고 미래를 살아가는 것.

　다시 피어나는 신화와 전설의 생명이, 자신에게도 있음을 꿈꾸면서.

2023. 9.

김 가 영

| 차례 |

책머리에 2

제2부

제3부

제4부

제1부
사랑이라는

사랑은 신앙과 같이
거짓말로부터 나온 진실이다.
연애란 수수께끼 그대로 남겨두고
싶은 마음의 매커니즘이다.

사랑이라는

연애는 수수께끼로 남겨두고 싶은 마음의 메커니즘이다. 거기에 장황한 설명은 불필요하다. 블랙박스는 그대로 남아있지 않으면 로망에 상처를 입히고 만다. 사람을 사랑하는 힘은 그런 것이다.

사랑하는 감정은 의지와는 전혀 상관없이 생긴다. 예를 들어 그건 오류다.

연애는 철두철미 자신의 일 밖에 생각하지 않는 남녀의 얘기다. 그렇지 않은가? 사람을 좋아하는 행위 그 자체가 극히 비사회적이고 개인적이다. 혼자 좋아하는 일이기 때문이다.

사랑은 동서의 신화와 노래에도 얼마든지 얘기 되어오고 있다. 절절한 구애, 상사상애의 기쁨, 이별의 슬픔과 질투의 괴로운, 버림받고 쫓는 입장의 비련 적 얘기는 얼마나 많은가.

사랑은 신앙과 같이 거짓말로부터 나온 진실이다.

서구의 연애관은 이상적 여성상을 지나치게 미화시켰다. 그런 나머지 있는 그대로의 여자를 이해하려고 하지 않았다. 여자는 아름답지만 약하고 남자가 지켜야 할 존재라고 인식하며 경멸 해온 정도다.

그러나 현실은 이상을 원하며 비약하는 플라토닉 에로스가 있어서 비로소 사람은 정신적 결합이 깊어진다고 이해하게 되었다. 현실적으로 여성에 대한 이해도 시작된 것이다.

'연애, 그것은 12세기의 발명이다'라고 프랑스의 역사가 세뇨보가 말했다. 물론 남자와 여자는 그 어느 시대건 서로 끌렸던 것 부인할 수 없다.

여자를 위하여서라든가 여자를 기쁘게 하는데 보람을 느끼게 된 건 1100년경 남프랑스 궁정시인의 서정시에 처음 표현되었다. 이 연애의 형태가 반세기 후 북프랑스에서 긴 운문이 된다. 이것이 프랑스어의 소설 '로망'의 원류다. 이런 저런 식으로 사랑에 대해 따진들 말짱 헛일이다.

신화와 전설의 얘기는 감동적이고 심금을 울리며 재미있다.

신화에는 시적 상상력, 역사적 요소, 소설적 스토리텔링이 모두 있다. 신들도 인간과 마찬가지로 사랑에 울고 괴로워하고 질투한다.

사랑은 참으로 자신의 의지와는 상관이 없이 얘기된다는 점이 흥미를 끈다.

산방덕,
그 여신의
사랑

연애란 수수께끼 그대로 남겨 두고 싶은 마음의 메커니즘이다.

사랑을 시작하게 될 때, 이미 거기에는 지루한 설명이 필요 없게 된다.

연애는 철두철미하게 자신의 일 밖에 생각하지 않는 남녀의 이야기다. 그래서 사랑하는 그 행위는 비사회적이고 개인적이 된다. 사랑에 빠지게 되면 이성을 잃게 되고 자신의 사랑이야말로 유일무이의 가치가 있는 것이라고 생각하게 된다.

연애는 인간끼리만 하는 것이라고 생각하지만 꼭 그렇지마는 않다. 신화 속에는 환상적이고 비현실적인 연애가 얼마든지 있다. 때로는 잔인하게 그리고 비참한 결말을 맺으면서도 신들에게 매료당하기도 하고 유혹하기도 한다. 죽은자들의 영혼과 요정들이 사랑에 빠지는 얘기들이 가슴을 울릴 때도 있다. 대부분의 경우 여신들은 그 빼어난 아름다움 때문에 사랑을 얻기도 하고 잃기도 한다. 그 아름다움으로 인해 더없는 질투의 대상이 되면서.

애욕과 미의 여신이라 불리는 아폴로디테. 그녀는 미의 대명사요, 순결함의 대명사다. 큰 바다의 포말에서 순결한 알몸으로 태어나 조개껍질을 타고 지중해에 있는 키프러스섬 빠쁘스까지 갔다. 거기서 그녀의 사랑 얘기가 시작된다.

또 일설에는 크로노스가 아버지 우라노스의 남근을 바다에 던졌을 때 그 포말에서 탄생했다고도 한다.

어쨌든 그녀는 아름다웠다. 그 아름다움 때문에 그녀가 가는 곳마다 풀이 자라고 꽃이 피었다. 백조와 비둘기를 사랑했다.

그런 그녀도 누군가를 사랑하고 싶었다. 그녀의 사랑은 결국 남자의 질투와 음모에 의해 그녀가 원하는 사람과는 이루어지지 않고 가장 추남이 그녀를 차지하게 된다.

아름다운 여성을 차지하려면 남자의 술수와 질투는 당연한 것이 되는 모양이다.

미모로 따지자면 제주 신화에도 절대 뒤질 수 없는 아름다운 여신이 있다. 제주도 산방산 암굴의 여신 산방덕이다.

산방덕은 여신이긴 하였으나 어느 날 인간세계로 나왔다.

인간세계에 나온 이상 이성이 그리워졌다. 열여섯의 산방덕이에게 사랑은 너무도 당연한 것이었다. 아니, 사실 바라지 않았다 해도 그녀의 아름다움을 보고 뭇 사내들이 그냥 두질 않았다.

그녀의 주위를 맴돌던 사내 중에 소승이라는 남자를 사랑하게 되었다. 둘은 첫눈에 끌렸다.

두 사랑은 해가 저물기를 기다렸다, 비밀의 장소에서 만났다. 밤새 얘기를 나누고 사랑을 하고 풀숲에 아침 이슬이 맺힐 쯤에 헤어졌다. 두 사람의 그렇게 예쁜 사랑을 키워 나갈수록 둘을 갈라놓으려는 음모들이 꾸며졌다.

두 사람은 맺어질 수 없는 사이라는 걸 느끼며 어딘가 먼 곳으로 달아나자고 약속을 했다.

산방덕의 미모를 탐하는 많은 남자 중에 고위관직에 있는 남자가 자기의 직권을 이용해 어떻게든 산방덕을 뺏으려고 했다.

산방덕과 고승이 달아나려고 하던 밤, 잡히고 만다. 그는 산방덕의 연인 고승을 끌고 억울한 누명을 씌우고 재산을 몰수한 뒤 귀양을 보내 버린다.

산방덕은 울부짖었다.

아무리 그래도 사태는 이미 수습할 수 없는 지경까지

갔다. 울다 지친 산방덕은 인간세계에 환멸을 느꼈다.

인간의 세계에서라면 오히려 사랑도 실컷 할 수 있으리라 믿었는데 감언이설과 위협으로 자신의 야욕을 채우려는 인간들에게 실망을 느꼈다.

산방덕은 인간세계에 나왔음을 후회하고 한탄했다. 이토록 무섭고 죄악으로 가득 찬 세상이라면, 미련이 없었다.

그리고 두 번 다시 그 누구도 사랑하지 않으리라 결심하고 다시 산방굴에 들어 가 버렸다.

산방굴에 들어 간 산방덕은 바위신이 되었다.

지금도 그 바위 밑에는 샘물이 떨어지고 있는데 이것은 자기의 불행과 고승에 대한 그리움으로 흘리는 산방덕의 눈물이라고 한다.

미인박명이라고 하던가.

그리스의 여신들도, 제주의 여신도 아름다움 때문에 겪었던 비극은 불행으로 종결됨을 본다.

아름다움. 때로는 배덕과 반역의 색채를 띠우는 그 사랑과 에로스의 주범이여.

열녀,
부 씨의
아내

연애가 사람의 일생 중에서 가장 드라마틱한 것이라면 첫사랑은 그야말로 극적인 문화충격이다. 그래서 이야기의 테마로서도 사랑을 받고, 이만큼 설득력이 있는 것도 없을 것이다.

사랑의 초심자들은 사랑에 대한 공포와 환상이 뒤섞인 복잡한 연애를 한층 동경하면서도 자칫 첫사랑의 지조나 정절을 생각하지 않을 수 없다.

연애의 자유를 희망하면서도 신성한 플라토닉 사랑에 연연하고 있음을 부인할 수는 없기 때문이다. 숭고한 정절을 지키는 사랑이 우리네 인간사에도 기대 할 수 없지만 신화 속에서도 별반 다를 바가 없다. 쟝 지로드의 작품에 〈안피토리오38〉이라는 희곡이 있다. 안피토리온은 그리스신화에 나오는 인물이고 38이라는 숫자는 별의미가 없다. 그저 자신의 희곡에 등장하는 서

른여덟 번째의 인물이라는 걸 나타내는 정도다.

그 안피토리온의 아내 알크메네야말로 신화 속에서 정숙, 정절로 치자면 둘째가라면 서러울 인물이다. 제우스는 미인에다 정숙하고 정조관념이 철저하기로 소문난 알크메네가 탐이 났다. 아니 무엇보다도 흥미로웠다. 누가 뭐라고 해도 오직 자기 남편만을 알고 섬기는 알크메네를 무너지게 하는데 열을 올렸다. 소문대로 쉽진 않았지만 제우스의 끈질긴 구애에 알크메네는 항복하고 말았다. 그렇게 해서 낳은 자식이 헤라클레스이다. 남편이 집을 비운 사이에 부정을 저지른 아내 알크메네는 과연 어떻게 될지 궁금한데 그리스신화에서는 얘기가 다르다. 사랑하는 아내의 부정에 망연자실 하지만 그 상대가 제우스라는 걸 알고 오히려 남편은 영광으로 생각한다.

그뿐만 아니라 제우스에 대한 존경심 때문에 그렇게 해서 태어난 헤라클레스를 너무도 사랑한다. 그리스신화의 상식은 신의 부정은 용서받아야 하는 것이고 그 총애를 받아들이는 것은 명예로 이어 진다고 보고 있다. 이 세상을 만든 조물주가 어떻든 인간은 인간의 판단에 의해 세상을 끌고 나가는 게 아닐까? 아니 오히려 그런 강한 자세가 필요한지 모른다. 그 판단이 덧없는 착오일지 모르지만 인간은 그걸 의지하고 인간으로서 살아갈 수밖에 없기 때문이다.

그리스신화의 전체적 특징의 하나는 인간적이라는데 있다고 한다. 세계를 창조한 것도 질척질척한 카오스(혼돈)에서 대지의 여신 가이아와 에로스가 탄생했다는 것이다. 그래서일까. 남편이 있는 여자를 탐하고 유혹의 손을 뻗치는 게 어쩔 수 없이 인간은 남의 것을 탐낼 수밖에 없다는 의미에서 인간적이라는 것일까. 아니면 그리스의 신들은 신성이 약한지도 모르겠다. 그만큼 인간답고 심지어 인간 남녀의 사랑에 울고 웃고 괴로워하는 사랑의 신화도 많으니까.

그런가하면 제주설화에는 정숙함의 절대 지존으로 당당히 내세울 인물이 있다. 조선 때 남원면 옥기리에 예쁜 부인이 있었다. 남편 부 씨가 나라의 싸움에 나가서 죽자 과부가 되었다. 어느 날 남편이 소속해 있던 부대장교가 공무로 이 마을에 들렀다가 부인을 봤다. 당연히 첫눈에 반하고 말았다. 부인의 아름다움은 오히려 아픔으로 다가왔다. 장교는 단단히 결심하고 부인에게 청혼을 했다. 같이 살자고 조르며 부인의 손목을 잡았다. 잡은 손을 놓을 기색이 안 보이자 부인은 침착하고 부드러운 어조로 말했다.

"이 손을 놓으세요. 당신 말대로 할 테니." 장교는 그제야 안심하고 손을 놓았다. 부인은 조금도 흐트러지지 않는 자세로 집안으로 들어가더니 도끼를 들고 나왔다.

"이 무례한 놈. 감히 나를 범해! 이 손목 하나 만으로도 이미 내 몸이 더럽혀졌다. 이 더러움을 씻어야겠다."
하고 부인은 장교하게 잡혔던 손목을 자르고 자결해 버렸다. 이 소문은 임금의 귀에까지 들렸다. 임금은 과부의 지조를 가상히 여겨 열녀정문을 내렸다.

이런 사랑.

새삼 사랑에 있어서의 인간적이란 어떤 것인가 하고 생각해보게 된다.

죽어서도
사랑하리

사람은 모두 사랑의 감정 속에서 인생의 모든 모순을 해결한다. 참된 행복 그것이 없으면 인생도 무의미하게 돼버린 것을 잘 알고 있다. 어쨌든 사랑은 특별한 힘이 있는 것만은 사실이다.

이 사랑이라는 감정은 어쩌다 생겨나는 것이지 또 생겼다고 해도 오래 가지는 않는다.

여성적인 사람이라면 사랑은 생명의 유일한 참모습이라고 생각할 것이다.

사랑은 인생에 일어나는 수많은 우연의 하나, 사람이 살아가는 동안에 느끼는 많은 기분 중에 하나라고 하기도한다.

인생을 이해하지 않는 사람에게 사랑이라는 것은 인생의 본질이 아니라 우연이라고 우길 테니까-.

게다가 사랑은 인생을 교란시키고 괴로움을 주는 것

이라고 할지 모른다.

인생을 이해하지 않기 때문에 사랑도 이해할 수 없고 사랑이라는 상태가 어떤 것인지도 모른다면 너무 슬픈 일이다.

어찌됐건 이미 130년 전, 사랑이 어떤 것인지를 보여준 전설이 이미 제주에는 있다.

한경면 용수리 포구 남쪽에 절부암이 있다.

용수리에 고씨 성을 가진 16세의 아름다운 처녀와 강사철이라는 총각이 있었다. 둘은 몹시 아끼고 사랑을 해서 결혼을 했다. 그러나 그들은 가난했다. 그저 매일매일을 고산 앞바다에 있는 차귀섬에서 대나무를 베어와 바구니를 엮어 팔아 생활했다.

그날도 언제나처럼 강사철은 차귀도로 대나무를 베러 갔다. 그때 마침 몰아치는 거센 풍랑으로 배가 뒤집히고 말았다.

그의 처 고 씨는 혼이 나간 사람처럼 슬퍼했다. 일체음식을 입에 대지 못한 채 매일 바닷가로 나가 남편의 시체를 찾아 헤맸다. 시체만이라도 꼭 찾고 싶었는데 소용이 없었다.

석 달을 미친 여자처럼 그렇게 헤매다 그녀는 남편 곁으로 가야한다는 생각으로 '엉덕동산'에서 나무에 목을 매고 말았다.

그녀가 죽은 다음날, 그렇게 찾던 그의 남편 강사철

의 시체가 떠올랐다.

이 소문은 멀리 퍼졌다.

신제우라는 사람이 이 소문을 듣고 자신이 과거에 급제하면 열녀비를 세워 주겠다고 공언을 했다. 그러나 애석하게도 신제우는 낙방하고 말았다.

어느 날 신제우가 점을 보러 갔다. 무당이 '당신한테는 항상 한 여인이 따라 다니고 있는데 잘 모셔주면 급제하겠다.'고 하는 것이었다.

신제우는 그 여인이 고 씨라는 생각이 들어 그녀의 묘를 찾아가 참배를 했다.

다시 과거에 응모한 신제우는 급제했다.

그는 임금으로부터 제주목 대정현감이라는 벼슬을 받았다.

고 씨의 열녀비를 세우고 부부의 시체를 한경면 고산봉 서쪽 비탈길에 합장하였다.

그리고는 고 씨가 목매달아 죽은 절벽을 절부암이라고 명명하였다.

사랑은 어떤 특정 인물만의 것이 아니다. 우리가 인생을 이해하고 받아들일 때 그 사랑은 더욱 가치가 있고 빛나는 것이다.

죽어서까지라도 함께하고 싶다는 서로의 욕구가 있을 때 그 사랑은 하나의 전설로 피어나나 보다.

사랑이란 자기 자신 보다 타인을 더 뛰어나게 인정하

는 마음이다.

　이런 사랑의 전설이 가득한 제주를 나는 너무 사랑한
다.

가마솥에
죽을 쑨
이야기

　제주신화와 전설을 얘기 할 때면 이상하게도 나는 그리스신화를 떠올리게 된다. 그리스신화의 전체적 특징의 하나는 인간적이라는 점이다. 그리고 지중해의 크레타 섬을 중심으로 해서 말하자면 크레타 문명이 번영해서 그것이 그리스 본토에 영향을 미쳤다는 점이다. 그리스신화의 발생점이 섬이라는 것과 제주가 섬이라는 것. 그리고 제주신화의 창조주는 여신이라는 것과 그리스신화에 등장하는 여신들에게는 상당히 친근감을 느끼게 된다.

　불교나 그리스도교에서 말하는 지옥에 해당하는 것이 '타르타로스'이다. 지상과 그 지옥 사이의 거리는 하늘과 땅만큼 멀다. 저승의 끝부분이다.

　신조차도 제우스의 분노를 사면 타르타로스에 던져버릴지도 모른다는 공포를 인간은 마음속에 갖고 있다.

그러면 그 타르타로스에 떨어진 인간들은 어떤가 하는 게 우리들의 궁금중이다. 신경이 쓰이는 부분이다.

타르타로스에는 회전하는 불 수레바퀴가 있는데 그곳에 매달려 계속 돌아야한다. 또 어떤 사람은 빨갛게 달궈진 쇳덩어리를 굴리면서 계속해서 높은 산을 올랐다 내렸다 해야 한다. 주로 그런 벌을 받는 사람은 오만함으로 살았던 사람들이다. 그런 사람 중에 '타타로즈'라는 이름의 남자가 있다.

그는 소아시아 류디아의 왕으로 막대한 부를 소유하고 게다가 신들의 사랑을 받고 있었다. 신들은 오륜포스산에서 신의 술과 음식으로 향연을 하다 싫증이 났다. 이내 지루하고 따분함을 느끼게 되었다. 신들만의 음식인 신식 암브로시아와 신주 넥타르를 슬쩍 훔쳐서 지상으로 올라가 탄타로스는 친구들을 모아 놓고 실컷 먹고 마시게 했다. 게다가 분위기에 휩싸여 제우스의 비밀까지도 누설하고 말았다. 그 정도라면 절도와 기밀 누설의 죄를 묻는 것만으로 끝냈을지 모른다.

그러나 그의 더 심한 범행은 변호의 여지가 없었다. 탄타로스는 그의 오만함이 다시 발동하여 자신의 영토 씨퓨로스산에 신들을 초청했다. 성대한 연회를 열기로 작정했다.

전부터 그는 신들과 인간을 구별하는 것은 도대체 무

엇인가 하는 의문을 품고 있었다. 그 의문을 해명하는데 결정적 인 역할을 할 사람은 바로 자기라고 생각했다. 두 번 다시없는 기회라고 자신을 부추겼다.

신들을 시험하기 위해 그가 준비한 방법은 공포스러운 것이었다. 그는 자신의 아들 페로푸스를 죽인 뒤 토막을 내 그 고기 덩어리를 큰 솥에 넣어 죽을 쒔다. 그걸 식탁에 내 놓았다. 전지전능한 신이라면 그 고기 덩어리가 무엇인가를 당연히 알 것이라고 그는 생각했다.

물론 신들은 그의 잔인성을 알아차리고 죽을 먹기는커녕 무섭게 분노했다. 그래서 그는 결국 죄의 대가로 타르타로스 지옥으로 빠져 영겁의 세월을 거기서 살고 있다는 얘기다.

가마솥에 죽을 쑨 얘기는 제주의 신화전설에도 있다. 그걸 소개하고 싶어서 얘기가 길어졌다.

제주 한라산 서남쪽 중턱에 오백장군이라는 기암이 늘어 서 있다. 그런데 사백구십구 장군이다.

얘기는 이렇다.

옛날 설문대할망의 아들이 오백 명이 있었다. 하루는 먹을 게 없어 아들들이 쌀을 구하러 나갔다. 설문대할망은 아들들이 돌아오면 빨리 먹으려고 커다란 솥에 죽을 쑤다 그 가마솥에 빠지고 말았다.

집으로 돌아 온 아들들은 너무 배가 고픈 나머지 정신없이 죽을 퍼 먹기 시작하였다. 여느 때 보다 죽 맛이 더 좋았다.

맨 마지막에 돌아 온 아들이 이상함을 느꼈다. 죽 맛이 갑자기 좋아질 리가 없는데 하고 국자로 죽 솥을 휘저었더니 고기 덩어리와 두개골 같은 게 있는 게 아닌가. 그러고 보니 어머니가 보이지 않았다. 분명 죽을 휘젓다 빠져 죽었다는 생각이 들어 막내는 오열했다.

그 죽을 먹어치운 형들과는 못살겠다고 막내는 혼자 차귀섬으로 가버렸다. 그 뒤 형들은 날이면 날마다 어머니를 그리며 울다 화석으로 굳어버렸다. 시간이 흘러 어떤 사람이 선산을 정하려고 풍수사를 불렀다. 그 풍수사는 자리가 좋긴 하지만 차귀섬 앞에 오백장군이 비추기 때문에 곤란하다고 했다. 모처럼 좋은 자리를 찾았다고 생각하고 있는데 그런 소릴 들으니 상주는 화가 났다. 당장 달려가 상주는 도끼로 오백장군을 찍어 내렸다. 찍힌 곳에서 피가 흘러내렸다고 한다. 지금도 이 오백장군 위에는 오목한 상처가 남아있다고 한다.

한라산 중턱 오백장군이 있는 영실기암에서 큰 소리를 지르면 별안간 안개구름이 덮여 지척을 분간 할 수 없다고 한다. 죽을 끓인 가마솥에 빠져 죽은 설문대할망이 화를 내는 탓이라고 한다. 아니 슬퍼서일지도 모른다.

두 개의 얘기를 소개하면서 이 지구상에 있는 신화전

설은 각기 아름답고 소중하기 그지없다는 생각이 든다.

　신화전설이 인간에게 주는 중요한 것은 자신이 우주를 이해 할 수 있다는 그 환상이다.

　물론 그것은 환상에 지나지 않는 것이지만.

　세계를 놓고 볼 때 어떤 문화든 그 사이에 단절은 없다는 생각이 든다.

복수라는
이름의
사랑

그리스신화에 메데이아라는 아름다운 여자가 있다. 흑해 콜키스섬의 왕 아이에테스 딸이다. 그녀는 빼어난 미모에 열정적 기질 총명함을 두루 갖춘 인물이다. 게다가 마법의 능력까지 갖고 있다.

남자를 모르던 그녀에게 어느 날 운명같은 남자가 찾아온다. 그녀의 아버지의 황금양모를 훔치러 온 젊고 잘생긴 청년 이아손이다. 두 사람은 첫눈에 사랑에 빠지고 만다.

그러나 이아손의 삼촌은 왕의 자리를 빼앗길까봐 이아손을 제거하는 음모를 꾸민다. 음모란 그리스인들이 가장 탐내는 보물인 황금 양모를 가져오면 이아손에게 왕의 자리를 주겠노라고 약속하는 것이다.

이아손은 사랑에 빠진 메데이아의 도움으로 우여곡절 끝에 그 임무를 성공시킨다. 그들을 추적하던 사람들을 따돌리기란 목숨을 거는 일이었지만 도망쳐 온 코린트에서 두 사람의 보금자리를 만든다. 두 아들을 낳고 10년을 행복하게 산다.

평화롭던 어느 날 왕이 이아손을 사위 삼겠노라는 제안을 해 온다. 귀가 솔깃해진 이아손은 메데이아를 버릴 구실을 찾는다. 젊고 아름다운 왕녀와 재혼하고 싶은 욕망에 이아손은 메데이아에게 이혼을 강요한다.

메데이아는 질투와 분노로 이성을 잃고 복수의 칼날을 갈게 된다. 그녀는 결혼을 허락하는 척하여 혼례복에 독을 넣어 선물한다. 혼례복을 입은 왕녀는 몸에 독이 퍼져 죽고 만다.

연적을 죽인 것만으로는 만족하지 못한 그녀는 이아손이 가장 사랑하는 자식들까지 죽이기로 마음먹는다.

복수하기 위해 자식까지 죽여 버린다는 점에서 비슷한 얘기가 제주 신화전설에도 있다.

고려시대 말 제주 애월읍 광령마을 위쪽에 비신의 굴에 아리따운 처녀가 살고 있었다. 예쁘기로 소문이 나 동네 사내들은 물론 지나가는 남자들조차도 난리였다. 특별히 이 처녀를 사랑하는 젊은 포수가 있었지만 그녀는 이웃 마을 총각에게 시집을 가버렸다.

이 젊은 포수는 그녀를 사모하다 못해 그녀의 남편에게 사냥을 가자고 졸라 활을 쏘아 남편을 죽여버렸다.

집에 돌아온 포수는 시침을 떼고 그녀에게 물었다. 당

신 남편이 사냥을 하고 머리가 아프다면서 먼저 내려왔는데 괜찮느냐고.

몇 해가 지났다. 그동안 포수는 그녀의 살림을 도와주고 마음도 달래 주었다. 어느덧 정이 든 두 사람은 살림을 합치고, 세월은 흘러 아홉 형제나 낳았다.

비가 몹시 오던 어느 날, 포수는 그녀의 무릎을 베고 누워 빗소리를 듣고 있었다. 너무 행복한 나머지 포수는 그녀에게 고백을 하고 말았다.

"자네 전남편, 사냥갔다 나한테 활 맞아서 죽었으니 망정이지... 그 덕분에 고운 마누라도 내 차지고, 새끼도 아홉씩이나 낳고 살지, 흐흐..."

그 고백을 들은 그녀는 심장이 멎는 듯했지만 애써 태연한 척 "잘했어요. 그놈하고 살 때 어찌나 나를 못살게 굴던지, 시원하게 잘 죽였주..."라고 맞장구를 쳤다.

포수는 한 술 더 떠서 자랑스럽게 죽인 장소까지 알려주었다.

그녀는 전남편이 죽었다는 장소를 찾아갔다. 흩어진 뼈를 모아 치맛자락에 싸 들고 관가로 가 고발했다.

그녀는 분이 풀릴 때까지 포수를 때려죽였다. 아들 아홉도 모두 집 속에 가두어 문을 잠그고 불을 질렀다. 이런 종자를 그대로 둘 수 없다는 이유에서였다. 결국 남편과 자식들을 모두 죽인 그녀는 스스로 자신의 무덤을 파고 질경이로 기름을 짜서 그 속으로 들어갔다. 마을 사람들에게 불빛이 새어 나오지 않게 되면 무덤의 작은 구멍을 막아달라고 부탁했다.

전남편에 대한 복수를 했기 때문에 열녀라고 하지만 자식들까지 모두 죽였기에 매정하다고 하여 '매고할망'이라 한다. 또 스스로 땅에 묻힌 할머니라고 하여 매고할망이라고도 불렀다고 한다.

메데이아건 매고할망이건 사랑하는 사람을 죽이기보다 그가 가장 사랑하는 자식을 죽이는 것처럼 큰 복수는 없다고 생각한 것이다. 감정과 본능에 충실했던 그녀들은 사악한 요부라기보다 비참한 희생자가 아닌가 하는 생각을 해본다.

매고할망의 전설이 있는 광령은 벚꽃이 아름답게 피기로 소문난 곳이다. 매해 벚꽃구경을 가면 나는 그녀의 한숨 소리가 들려오고 못다 한 사랑의 통곡 소리가 들려오는 걸 느낀다.

누군가 복수도 사랑의 표현이라고 했다.

한감과
공주의
애틋한 이야기

　슬픈 것은 사랑이 성취되지 않는 게 아니라 지속할 수 없음이다.

　사람은 왜 사랑을 하는 것일까. 사랑은 진정 존재하는 것일까. 어쩌면 사랑이라는 허상을 키워가는 게 아닐까.

　아니다. 분명 연애라는 감정은 있다. 그것은 문학적 필터를 통해서 볼 때 더 환상적이다.

　신화전설 속에서 볼 수 있는 사랑도 그렇다. 비현실적인 연애이기 때문에 때로는 잔인하고 비참한 결말을 맺지만 신화전설 속의 사랑 또한 이색의 연애사건들이다.

　남편과 아내라는 이름으로 섰을 때, 두 사람에게 진정 영원의 사랑은 존재하는가. 식성이 다르고, 고부간의 갈등이 있고, 남편이 외도를 하고. 그런 걸 생각하면 결혼은 정말 일상과의 싸움이다.

제주신화의 중요한 측면은 인간존재를 탐구하는 자세다. 당연히 인간의 죽음은 물론 인간의 보편적 체험인 사랑에 대한 탐구도 말할 것 없다. 신화는 그 사실을 온갖 형식으로 제시한다.

옛날 옛적에 옥황상제는 많은 시녀들과 견우성과 직녀성처럼 훌륭한 별들을 거느리고 있었다. 한감은 그 별들 중의 하나였다.

옥황상제는 딸 가운데 특히 셋째 공주를 무척 아꼈다. 셋째 공주는 착하고 총명할 뿐만 아니라 몹시 예뻤다.

한감은 별들의 세계에서 영특하기로 소문이 나 있었다.

어느 날, 옥황상제의 생일잔치가 벌어지고 있었다. 많은 손님들이 초대되어 오고, 거기에 한감도 있었다.

한감과 셋째 공주는 서로 첫눈에 반하고 바로 사랑에 빠져버렸다.

그들은 사람들의 눈을 피해 만났다. 만나면 헤어지기 싫고 잠시 떨어지면 보고 싶어 괴로웠다. 두 사람의 사랑 소문이 어느 새 세상에 퍼지게 되었다. 옥황상제의 귀에까지 들어가게 되었다. 옥황상제는 크게 노하시며 당장 한감과 셋째 공주를 불러 들였다.

옥황상제 앞에 끌려 온 두 사람은 울며 애원하며 용

서를 빌고 그 사랑을 허락해주길 바랐으나 허사였다.

한감과 셋째 공주는 귀양살이를 떠났다. 그들은 그 길로 구름길 바람길을 따라 천둥과 벼락을 치며 이 세상으로 내려오게 되었다.

그들은 경치 좋은 곳을 찾았다. 산굼부리에서 살기로 하였다. 하늘에서는 부부로 인정받지 못해 쫓겨났지만 지상에선 부부로 살 수 있었다.

한감은 사냥을 하고 셋째 공주는 나무열매를 따며 살았다. 한라산에는 온갖 짐승이 있고 나무열매도 풍성하여 별 어려움이 없는 생활이었다.

그런데 점점 두 사람 사이에 식성이 다름에서 오는 갈등을 느끼기 시작했다. 한감은 노루, 사슴, 멧돼지 등의 동물성식품. 셋째 공주는 산딸기, 다래, 머루, 시러미 등 식물성식품으로 구분 되었다.

결국 고약한 냄새를 더 이상 참을 수 없으니 헤어지자고 셋째 공주가 제안을 했다.

한감도 너무 강력하게 나오는 셋째 공주의 태도에 더 이상 억지를 부릴 수가 없다. 둘은 헤어졌다.

셋째 공주는 인가를 찾아 내려오다 지금의 제주시 남문 밖 천년 팽나무 있는 곳으로 왔다. 그곳에서 새로운 생활을 시작했다.

지금 이 곳을 '각시당'이라 부르고 옥황상제의 셋째 공주가 귀양 와 좌정하고 있다고 믿고 있다.

한감은 산굼부리에 살면서 산의 짐승들을 돌보며 살게 되었다. 사냥꾼들은 사냥할 때 이곳에서 산신제를 지내면 그 날 사냥에 큰 성과를 올릴 수 있다고 믿고 있다.

옛날에는 이곳에서 산신에 대한 제사를 올린 다음 산행을 해야 무사했다고 전한다.

오늘도 이곳에서 사람들이 큰 소리를 지르던지 부정한 짓을 하면 안개가 삽시에 덮이고 지척을 분간 할 수 없게 된다. 산신이 노해서 부리는 조화라고 한다.

산굼부리는 산신의 주둥이 또는 산신이 생기다란 말로 해석된다.

옥황상제의 셋째 공주와 한감의 애틋한 사랑 이야기도 부부라는 이름으로 살아 갈 때 어긋남을 얘기 해 준다.

제주의 신화전설 속에서 남자와 여자, 사랑, 부부에 대해 해명하고 있는 점을 발견하고 나는 놀랍다는 생각을 해 본다.

모습을
보이지 않는
남편

왕녀 프시케는 세 자매 중 막내였다. 그녀는 어이없게도 너무 아름답다는 이유로 시집을 못가고 있었다. 걱정이 된 부모는 신에게 부탁을 드렸다. 제발 막내딸이 짝을 만나서 결혼하게 해 달라고. 그랬더니 그녀에게 신부의상을 입히고 제물로 바치라는 것이었다.

양친은 어쩔 수 없이 그녀를 제물로 산속에 두고 울면서 돌아왔다. 혼자 내버려진 그녀를 바람이 아름다운 궁전으로 데리고 갔다. 아무도 없는 산속 궁전 어디선가 목소리가 들려왔다. 바람은 그녀를 다시 침실로 안내하는 것이었다.

밤이 되자, 그녀의 침실로 괴물이 들어 왔다. 괴물은 모습을 감춘 채 그녀와 부부관계를 맺고 새벽녘에 가곤 했다.

그러나 상상과 달리 그 괴물은 무섭지가 않았다. 오

히려 포근한 느낌이었고 행복감마저 들게 했다.

그 행복과 자신이 무사함을 부모님께 전하고 싶은 그녀는 한 번만 고향에 가게 해 달라고 애원했다. 괴물 남편은 응하지 않았다.

울고불고 매달려 그녀는 끝내 남편의 승낙을 받아냈다.

바람은 그녀를 부모의 집으로 데리고 갔다.

그녀는 자기가 얼마나 행복한지를 설명했다. 그 얘기를 듣던 두 언니는 질투를 느꼈다. 그 괴물이 언젠가 본성을 드러내면 당할지 모르니 당장 죽여야 한다는 것이다.

궁전으로 돌아온 그녀는 상심 끝에 깊은 밤 언니들이 시킨 대로 숨겨둔 단검을 꺼내 들었다.

그런데 희미한 램프의 빛에서 언뜻 보인 남편의 자는 모습은 괴물이 아니었다. 금발의 젊고 아름다운 청년이었다.

그 남편은 사랑의 신 에로스였다. 그런데 어쩌랴. 램프의 뜨거운 기름 한 방울이 자고 있는 에로스 위에 떨어졌다. 놀란 에로스는 프시케, 그녀를 두고 떠나 버렸다.

물론 이 얘기의 끝은 여기가 아니다. 그런데 난 이쯤에서 제주의 민담이 떠올랐다.

어느 과부에게 과년한 딸이 하나 있었다. 무척 예뻤다. 언제부터인지 밤이 되면 웬 사내가 딸의 방에 드나

드는 걸 알게 되었다. 이상한 것은 그 남자가 딸 방에 들어가 조금 있으면 자지러질듯 한 비명소리가 들려오는 것이었다.

딸은 하루가 다르게 야위어갔다. 보다 못한 과부는 동냥 다니 던 거지를 딸 옆방에다 자게 했다. 말하자면 보초를 세운 것이다.

어느 밤, 인기척이 나더니 한 사내가 걸어왔다. 거지는 숨을 죽이며 그의 동정을 살폈다.

딸의 방에는 자물쇠가 잠겨 있었는데 사내가 방 밖에서 "열려라"고 하자 자물쇠가 소리도 없이 열렸다.

사내는 거침없이 방으로 들어갔다. 이윽고 딸의 비명이 들리고 조금 있다가 사내가 방에서 나왔다. "닫혀라" 사내의 명령에 자물쇠는 잠겼다.

그 상황을 본 거지는 기절 할 지경이었다. 분명 꿈은 아니었다. 두 눈으로 똑똑히 봤지 않은가. 너무도 놀랍고 궁금해서 자물쇠에게 물어 보았다.

"아까 그 남자는 누구지?"

사람이 아니라고 했다. 저 너머 밭에 사는 황지네라고 했다. 밤만 되면 사람으로 둔갑해서 처녀를 괴롭힌다고 했다.

다음 날 거지는 과부에게 그 사실을 알렸다. 놀란 과부는 거지와 함께 숯 다섯 가마를 구해다 돌 주변에 펴

놓고 불을 지폈다.

얼마 없어 돌 밑에서 커다란 황지네가 비틀거리고 꿈틀대다 불에 타 죽었다.

그 이후로 사내는 나타나지 않았다.

동물이 인간과 사랑하는 얘기는 민화나 메르헨의 세계에서 흔히 볼 수 있다.

환상적이고 비현실적인 연애. 동물에게 까지 마음을 빼앗겨 버리는 연애는 결말이야 어떨지언정 압도적인 존재감이 있는 얘기임엔 부정할 수 없다.

인간이, 식물이 동물로 변하는 신화 속의 다양한 이야기를 모은 오이디우스의 장편 서사시 〈변신 이야기〉는 목가적이고 차라리 아름다워서 슬프다. 그 걸 읽을 때마다 사랑이 무엇인가를 새삼 생각해 보게 된다.

제주신화와 전설 민담도 모두 자연이 준 혼돈과 사실에 지적 의미를 주려는 불가피한 인간의 상상력인지도 모른다.

신화는 언어의 한 형태다.

지리적, 문화적으로 연관된 민족이 갖는 특별한 자산이다.

무심코 도취해버리고 마는 사랑의 이야기. 가슴 아픈 만큼 공감할 수 있는 사랑이야기를 검증하기 위해서라도 알아야 할 것 같다. 신화와 전설 속의 농순한 사랑과 죽음의 에로스를.

신화와 음악이
만날 때

　　작곡가 바그너의 오페라 4부작 '니벨룽겐의
반지' 중에 첫 주제인 '라인의 황금'이 있다. 독일에서 전
해지는 신화를 바탕으로 쓴 것이다.

　　알베리히에게 라인의 처녀들이 인간의 사랑을 포기하
지 않으면 황금을 얻을 수 없다고 한다. 알베리히는 사
랑을 단념한다. 결국 포기했던 그 사랑도 황금 덕택에
얻게 된다. 이처럼 음악도 반전이 필요하고 끊임없는 재
구성이 필요하다.

　　그런 면에서는 신화도 마찬가지다. 신화는 인간의 행
동이나 우주적 상황에 관한 원형들을 제시해준다. 신화
와 음악의 관계를 이해하려면 어쨌든 언어를 출발점으
로 하지 않으면 안된다.

　　음악과 신화는 언어가 낳은 한 자매였다. 그런데 각
기 다른 방향으로 나아가게 되었다. 신화는 이야기라

는 전달방식을 사용하기 때문에 다분히 언어적이라 할 수 있다. 신화는 말을 통해서 전해지게 된다. 그래서 자칫 전달과정에서 그 본뜻을 잃고 변형되지 않나 하는 우려를 낳을 수 있다.

음악은 다르다. 신화보다 섬세한 것이 발견된다. 음악은 말이 아닌 소리로, 이야기가 아닌 멜로디로 전달되는 방식이기에 변형될 위험성이 적다. 어쩌면 '로크리쯔'의 말대로 재료를 다루는 그 집요함과 끈질김이 강하고 응집하게 한다. 또한 닫힌 세계를 이루고 있는 '음악은 신화보다 안전을 기한다'라는 말에 공감을 하게 된다.

음악은 음의 면을 강조하지만 그래도 근본은 언어에 뿌리를 뒀다는 것이다. 거기에 대해 신화는 의미의 면을 강조하지만 그 또한 언어에 기인한 것이라는 걸 알게 된다.

제주신화의 특징은 여성들이 많이 등장한다. 여러 가지 이유가 있지만 논농사보다 밭농사가 주였다는 이유도 있다. 또 제주의 창조신은 여신이다. 그래서 여신들은 공정하고 평등한 이혼을 요구할 만큼 여성의 높은 지위는 독보적이라 할 수 있다.

제주신화의 또다른 특징은 다른 신화의 신과는 달리 인간적인 감정을 가지고 있다는 점이다. 분노, 사랑, 질투, 증오, 애틋함, 물론 위엄과 엄격함을 갖춘 신들도 있다.

또 하나는 다양성이다. 무엇보다도 남자 때문에 울고 있는 여신의 얘기는 별로 없다. 오히려 여자 때문에 울고 있는 남자의 얘기는 있다.

그런 얘기와 더불어 노래로도 남아 전해진다는 점에서 제주를 감히 신화의 섬이라 불러 과부족이 없음을 자신한다.

옛날 중산간 마을에 김복수라는 청년이 있었다. 가난한 집에서 태어났지만 글을 좋아하여 밤낮으로 글공부를 하였다. 게다가 착하고 영리했다.

그런 그에게 주위에서 과거를 보라고 권유했다. 그 역시 꿈을 갖고 있던 터라 결심을 하고 과거를 보러 떠나게 되었다. 배가 한 참 바다로 나갔을 때 갑자기 검은 구름이 몰려오며 폭풍이 일기 시작했다. 잔잔하던 바다는 무섭게 일렁이고 김복수와 배를 같이 탄 사람들은 필사의 힘으로 파도와 싸웠지만, 정신을 잃고 말았다.

배는 안남이라는 곳에 표류하게 되었다. 정신을 차리고 보니 같은 배에 탔던 일행들은 간 곳이 없고 김복수 혼자만 남겨졌다. 그는 어쩔 수 없이 안남 땅에서 외로운 나날을 보내고 있었다.

어느 날 그는 유구의 나라에서 표류해 온 임춘향이라는 여자를 만나게 되었다. 두 사람은 서로 첫눈에 반하였다. 두 사람이 사랑에 빠지기까지 그리 긴 시간이 필요치 않았다. 둘은 부부의 연을 맺고 3남 3녀를 얻었다. 그 가족이 행복한 날을 보내고 있는데 일본에서 사신이 왔다.

그 사신이 돌아가게 되자 김복수는 자기를 데려가 달라고 애원을 했다. 좀 더 다른 세계를 보고 싶어서였을까. 일본 사신은 김복수의 애원을 들어주기로 한다. 그러나 임춘향에 대해선 허락하지 않았다. 김복수는 나중에 마누라 임춘향을 꼭 데리러 오기로 하고 떠난다.

일본에 도착한 김복수는 마누라의 나라 유구사람을 찾아다니다 뜻밖에도 유구사람 임춘영을 만나게 된다. 그는 다름 아닌 마누라 임춘향의 오빠였다. 누이 춘향이 살아있다는 소식을 듣고 기뻐하며 두 사람은 일단 유구나라로 돌아가기로 한다. 유구로 돌아가던 중 김복수는 큰 섬을 발견하고 깜짝 놀란다. 우뚝 솟은 한라산을 본 것이다. 꿈에도 그리던 고향 땅이었다. 그냥 지나칠 수가 없었다. 김복수는 꾀를 내었다. 배에 탄 사람들에게 "유구까지 가려면 아직 멀었는데 저 섬에서 잠시 식수를 조달해야겠다."고 그러자 모두 동의를 했다.

배에서 급히 내린 김복수는 있는 힘을 다해서 그가 살던 집으로 달려갔다. 어머니가 사무치게 보고 싶었다. 그의 어머니도 놀라서 기절할 지경이었다. 과거를 보러 가다 풍랑으로 죽은 줄로 알고 있던 아들이 온 것이다. 두 사람은 부둥켜안고 하염없이 울었다. 한편 식수를

긴고 오기를 기다리던 임춘영 일행은 기다리다 그를 두
고 유구를 향해 떠나고 말았다. 그날부터 김복수의 가
슴은 춘향에 대한 그리움으로 찢어졌다. 사랑하는 춘
향과 자식들은 안남땅에, 처남은 유구에, 그리고 자신
은 고향 제주에, 기약 없는 만남을 그리며 그는 매일 바
닷가를 찾았다. 슬픔을 달래고 그리움을 달래며 김복
수는 구슬프게 노래를 불렀다.

> 오돌또기 저기 춘향 나온다.
> 달도 밝고 내가 머리로 갈까나
> 둥그대 당실 둥그대 당실
> 너도 당실 원자머리로
> 달도 밝고 내가 머리로 갈까나

김복수는 그 후 평생 새 장가를 아니 들었고 바닷가
에서 '오돌또기'를 불렀다. 신화와 음악이 만나는 이 아
름다운 이야기를 무엇에 견줄 수 있을까. 그리스신화도
이보다 그윽하지 못할 것이다.

사만이

　　제우스의 누이이자 아내인 헤라의 시중을 들던 무녀에게 아들이 둘 있었다.

　어느 날 그 무녀가 제사를 지낼 시간이 되었다. 그런데도 의식용 전차戰車를 끌 흰 수말이 목장에서 오질 않았다. 초조해진 형제는 무녀인 어머니를 위해 자신들이 말이 되어 무거운 전차를 끌기로 했다. 얼마나 효심이 지극했는지 8킬로나 멀리 끌고 갔다. 그 무녀는 자식들의 착함을 보고 너무 기쁜 나머지 여신 헤라에게 간곡히 부탁을 했다. 자신의 두 아들에게 큰 상을 내려줄 것을.

　그리스신화에서 최고의 여신인 헤라가 못할 게 무엇인가. 헤라는 기꺼이 그 청을 들어 줬다. 무녀의 두 아들을 신전으로 데리고 가 깊은 잠에 빠져들게 했다. 헤라는 두 아들의 심신의 피곤을 잠으로 달래주고 싶었다.

　젊을 때 자다가 죽는 게 최고의 선물이라고 판단한

헤라의 배려로 두 아들은 두 번 다시 눈을 뜨지 않았다.

같은 얘기가 또 있다. 태양의 신, 예술의 신이라고 불리는 아폴론이 텔포이에 신전을 지었을 때 텔포이이에 가까운 도시 국가 오르고메노스 왕에게는 두 아들이 있었다. 그 두 아들이 신 아폴론에게 협력해서 신전을 짓는데 공적을 세웠다. 그 보수로서 아폴론은 그들에게 7일간 마음대로 하고 싶은 걸 다 하라고 했다. 그리고 8일째에는 그들의 소원을 들어 주겠노라고 했다.

8일째, 이 두 형제는 아폴론에게 신전을 짓느라 너무 피곤해서 푹 자고 싶다고 했다. 아폴론은 그들의 소원을 들어 줬다. 두 형제는 침대 속에서 고요하게 잠들 듯 숨을 거두어 있었다.

'신에게 지나치게 사랑을 받는 자들은 빨리 죽는다.'라는 말이 이때부터 유래했다고 한다.

그런가 하면 제주의 신화와 전설 얘기는 다르다.

옛날 사만이라는 가난한 남자가 있었다. 가난했지만 아내도 있었다. 매일 배를 곯다 참다못한 아내는 머리를 잘라 남편에게 내 주었다. 장에 가서 팔아서 쌀을 사 오라고 했다.

이제나 저제나 기다리고 있는데 저녁쯤 돼서 남편이 돌아왔다. 쌀을 기다리고 있던 아내는 어이가 없었다. 남편은 쌀이 아니라 사냥총을 사고 돌아온 것이었다. 앞으로는 사냥을 해서 먹여 살리겠다는 으름장을 놓는 것이었다.

사만이는 매일 사냥을 나갔다. 사냥에 정신이 팔려 해가 지는 줄도 몰랐다. 당황한 사만이는 겨우 동굴을 찾아 잠자리를 마련했다. 피곤한 몸을 눕히고 잠이 들었는데 꿈을 꿨다. 예쁜 여인이 나타났다.

여인은 사만이에게 총을 달라고 했다. 사만이는 어떻게 구한 총인데 이걸 달라고 하는지 이유나 알자고 했다.

그 여인의 말은 자신은 어느 포수의 총에 맞아 죽었는데 육신은 썩었지만 머리채는 청미래덩굴에 걸려 있다는 것이다. 자신의 유골을 안치해 달라고 했다.

잠에서 깬 사만이는 여인이 일러 준 곳으로 가 보았다. 아니나 다를까 해골이 청미래덩굴에 걸려 있었다. 사만이는 해골을 싸서 집으로 가지고 왔다. 그리고 잘 안치했다.

그 이후부터 사만이네는 부자가 되었다. 동네사람들은 온통 갑자기 부자가 된 사만이네에 대한 궁금증으로 수군거렸다.

'이젠 살림도 넉넉하겠다 남부러울 게 없으니 저 해골을 내다 버릴까 생각한다'고 사만이의 부인이 얘기한 그 밤. 사만이의 꿈속에 여인이 다시 나타났다.

"나는 더 이상 당신네들을 도와 줄 수가 없어요. 나를 내버리려고 하니까 당신은 아마 내일 모레면 죽게 될 거예요."라고 했다.

놀란 사만이는 그 여인에게 빌고 또 빌었다. 잘 모시겠다고 굳게 맹세했다. 그러자 그 여인은 그렇다면 당신이 살아남는 방법을 알려 주겠노라고 했다. 짚신 세 켤레와 밥 세 그릇을 가지고 삼신산에 올라가 치성을 드리라고 했다. 그러노라고 하면 배고프고 신발이 다 헤진 저승사자가 나타 날 것이다. 그들은 당신을 잡으러 오는 길이지만 배고프고 신발이 없기 때문에 밥과 짚신에 눈이 멀어 당신을 데려가는 걸 잊어버릴 것이라고 했다.

다음 날. 사만이는 꿈속의 여인이 시킨 대로 삼신산에 올라갔다. 치성을 드리고 있는데 저승사자가 셋이 나타나더니 밥과 짚신만을 가지고 가 버렸다. 사만이는 그 후, 사만 년을 살았다.

인간은 누구든 오래 살기를 바란다. 그렇다고 그것이 반드시 최고의 인생이라고는 생각하지 않는다. 물론 그리스신화에서도 그와 같이 얘기한다.

아무튼, 인간은 신들에게 사랑을 못 받을 지라도 하루라도 더 오래 살고 싶은 게 인간의 마음이 아닐까 한다.

인간이 몇 년을 살고, 언제 죽는가는 신神만이 안다고 한다. 신은 사람의 운명의 무게를 잰 뒤 운명과의 손을 붙잡기도 하고, 나누기도 하고, 자르기도 한다. 최후에 자기 마음에 드는 인물에게는 조금 더 수명을 연장해 준다는 것이다.

그리스의 신화는 신의 사랑을 받아 수명이 짧아졌지만 제주의 신화와 전설 속에 나오는 사만이는 신의 사랑을 받아 사만 년을 더 살았다는 것이다.

말 없는
며느리의
사랑

요정 님프는 아름다운 여성의 모습을 가진 물의 정령이다. 그녀는 사람의 외침을 반복해서 되돌리는 것 외에 자신의 언어를 말할 수 없는 벌을 받고 있었다. 얘기는 이렇다.

어느 날 제우스는 산의 요정들을 유혹했다. 요정들은 겁이 났다. 질투심 많은 제우스의 아내 헤라에게 어떤 일을 당할지 모르기 때문이었다. 예상대로 헤라의 질투심에 찬 추궁은 무서웠다. 궁리 끝에 에코는 수다를 떨기로 했다. 그렇게 해서라도 헤라의 관심을 다른 데로 돌리려고 했다. 그러는 사이에 다른 님프들을 달아나게 했다. 그걸 알았을 때 헤라의 분노는 극에 달했다.

결국 에코를 사람의 말을 반복해서 되풀이 하며 돌려주는 것 외에 아무 말도 할 수 없게 만들어 버렸다.

어느 날 에코는 숲속에서 길을 잃은 나르키소스라는

청년을 만났다. 청년이 너무도 매력적이어서 첫눈에 반해 버렸다. 그녀는 어떻게 해서라도 자신의 마음을 전하고 싶었다. 그러나 목소리를 낼 수 없었다.

동료들과 떨어져 숲속을 혼자 헤매고 있던 나르키소스는 두려움에 큰 소리로 외쳤다.

"누군가 없소?"

에코는 어쩔 수 없이

"누군가 없소?"라고 같은 소리로 답했다.

아무도 없는 산속에서 답이 되돌아 온 것을 보고 나르키소스는 행여나 하면서 다시 외쳤다.

"누군가 있다면 이 쪽으로 오세요."

"누군가 있다면 이 쪽으로 오세요."

"왜 숨어있어요?"

"왜 숨어있어요?"

"내가 있는 곳으로 오세요."

참을 수 없어 에코는 소리치며 달려 나갔다. 너무도 기쁜 나머지 나르키소스의 품에 안겨버렸다.

그러자 아름다운 청년 나르키소스는 놀라서 에코를 밀쳐냈다.

"뻔뻔하게, 너 나하고 자려고 하지?"

"....자려고 하지?...." 라고 에코는 반복했지만 나르키소스는 관심 없다는 듯 그대로 떠나 버렸다. 에코는 상대에게 차였다는 모욕감과 슬픔으로 점점 말라갔다.

너무 애를 태운 끝에 목소리만 남아 메아리가 되고 말았다.

자신의 생각을 갖고 있지 않은 사람은 자신의 운명에 책임을 질 수 없다는 얘긴가. 안타까운 일이다.

얘기가 길어졌는데 이와는 다른 제주의 민담이 있다.

시어머니가 며느리를 구하러 갔다. 말도 잘하고 일도 열심히 하는 것 같아서 흐뭇한 마음으로 며느리를 맞았다. 그런데 착하고 부지런한 며느리이긴 하지만 도통 말이 없었다. 남편이 뭐라 하던 시부모가 뭐라 하던 묵묵히 일만 할 뿐이었다.

까닭도 모르고 화가 나기도 하고 답답한 시어머니는 며느리를 친정으로 보내기로 했다. 친정으로 돌아가라는 말을 들었어도 아내는 아무 말 없이 앞장 선 남편의 뒤를 따랐다.

걷다 피곤해진 부부는 좀 쉬어가기로 했다. 쉬고 있는데 어디선가 꿩 한마리가 날아 왔다. 그 모습을 보며 아내가 가만히 노래를 부르기 시작했다.

서글프기 짝이 없는 음조였다. 놀란 남편은 아내에게 왜 그렇게 노래를 잘 하면서 말은 하지 않느냐고 물었다.

아내는 조용히 대답했다. 시집오기 전 뒷집 할머니를 찾아가서 시집살이를 잘 하는 방법을 물었다고 했다. 그랬더니 그 할머니가 누가 뭐라 해도 귀 막아 삼 년, 말

못해 삼 년, 눈 어두워 삼 년. 이렇게 연 삼 년을 살면 시집살이 잘 할 수 있다고 했다는 것이다. 게다가 남편의 사랑도 얻는 다고.

그 얘길 듣고 있던 남편은 아내를 친정으로 돌려보내려던 자신의 경솔함을 뉘우쳤다. 집으로 돌아온 후부터 남편은 매사에 아내를 이해하며 사랑하며 살았다고 한다.

남의 소리를 따라만 하던 요정 님프의 사랑 얘기와 입 다물고 삼 년 살던 며느리의 사랑 얘기.

둘 다 내 가슴을 행복하게 아리게 한다.

쇠죽은
못

병이나 죽음 외에도 사람들은 어긋난 운명에 괴로워한다.

지구상의 많은 나라가 있고 거기에 인간이 살아가기 위해서든 어떤 형태로든 악惡이 행해진다. 배신, 살인, 강도, 사기, 원망... 등. 인간은 이런 것으로부터 완전히 자유로울 수는 없다. 피해 갈 수가 없다.

신화와 전설에는 '악'의 원형도 대개 인간이 생각할 수 있는 한계에서 그려진다.

그러나 악에 대해서 그리스신화는 다르다. 상상을 뛰어 넘는 얘기들이 얼마든지 있다.

악을 배우려면 그리스신화가 최고의 교재라는 말도 있지 않은가. 그처럼 그리스신화를 읽고 있으면 악이 제대로 그려져 있다는 생각이 든다.

그러나 악조차도 인간의 특성으로 보고 유유한 냉정

함으로 받아들이는 정신의 강함이 있다. 그렇기 때문에 오히려 그 속에서 인간의 슬픔도, 공통의 운명에 대한 정감도 나오는 것인지도 모른다.

제주신화와 전설에는 악의 개념이 명백히 존재하지 않는다. 그래서인지 숭고함도 잘 나타나지 않는 게 아닌가 하고 생각해 본다.

악은 인간의 역사와 문화가 하나의 자산이 아닌가 한다.

나는 게으름도 큰 '악'이라고 보는 사람이다.

세상에서 게으름뱅이라고 불려 진 사람 중에 걸작인 사람이 있다. 그리스신화의 앤듀미온이다.

그는 평생 아무것도 하지 않고 잠만 자고 싶다는 바램을 가진 남자였다.

그는 빛나는 아름다운 용모의 양치기였다.

편함과 게으름을 추구하면서 불노불사不老不死를 꿈꿨다.

제우스가 그 바램을 들어 줘서 그를 영원히 잠들게 만들어 버렸다.

어느 밤 그의 잠든 모습을 본 달의 여신 '세레네'는 그의 아름다운 용모에 반해버렸다. 사랑에 빠져 버린 그녀는 달빛 아래서 은밀히 그 청년에게 입맞춤을 했다.

그래도 그 아름다운 청년 앤듀미온은 결코 눈을 뜨지 않았다.

세상에 젊고 부지런하고 아름답고, 이 세 가지를 다 갖고 있는 남자가 있다면 얼마나 좋을까.

그런 완벽함에 대한 기대는 안하는 게 좋은 것인가. 신화와 전설뿐만 아니라 현실에서도 불가능한 일이다. 행여 영화 속에서나 가능할까.

젊은 남자가 게으르다고 할 때 그건 악이요, 죄라는 생각이 든다. 게다가 아름답지도 못한 용모라면 더욱 용서할 수 없다는 게 솔직한 나의 편견과 독단이다.

그만큼 반대로 부지런함은 '선'이요, 아름다움으로 다가온다는 것이다.

제주의 전설에도 게으름뱅이의 얘기가 있다. 게으름뿐만이 아니라 멍청하다는 점까지 갖고 있는 남자다.

옛날, 남편과 사별 후 일찍 과부가 된 여인이 있었다. 과부가 되었지만 남편의 유산이 많아 다행스럽게도 생활에 부족함은 없었다. 그러나 항상 일손이 부족했다.

어느 해 여름, 과부는 어렵게 일꾼을 구했다. 큰 덩치에 힘깨나 쓸 것 같은 남자였다.

과부는 정성껏 점심을 준비했다. 혼자 말처럼 "밥이 일하지. 그럼 밥이 일 하구 말구. 밥이 일해"

이렇게 중얼거리며 과부는 일꾼에게 밥을 잘 먹여야겠다는 마음으로 점심을 챙겨다 줬다.

한 낮쯤 되어서 과부는 일꾼이 얼마나 일을 했는가 보려고 밭으로 향했다. 이 땡볕에 아무리 일꾼이라지만 미안한 마음도 들었고, 기대도 됐다. 걸음을 재촉했다.

웬걸 밭은 한 뙈기도 갈지 않은 채 일꾼은 드러누워 코를 골고 있지 않는가. 바람이 시원하게 부는 둔덕에 무지막지하게 큰 덩치를 눕히고 세상 편한 모습으로 자고 있었다.

과부는 기가 막혀서 할 말을 잃었다. 깨끗이 비운 점심 그릇은 쟁기에 매달아 놓고 퍼질러 자는 꼴을 보니 부아가 치밀었다. 과부는 일꾼을 세차게 흔들어 깨웠다.

넙데데한 얼굴에 부스스 눈을 뜬 일꾼은 웬일이냐는 표정으로 과부를 보았다.

과부는 애써 화를 참으며

"아니, 일은 안하고 이렇게 자고 있으면 어떻게 해요?"

과부는 어이가 없었다. 게으르면 머리가 좋든가.

'밥이 일을 하지' 라는 과부의 말을 그대로 받아드려 쟁기에다 점심 그릇을 매달아 얼마나 일을 잘 하나 보려고 둔덕에 누워있었다고 일꾼이 말했다.

멍청한 것인지 게으른 것인지, 너무도 화가난 과부는 자기가 소를 몰아 밭을 갈아 치웠다.

그날은 유난히도 무더운 날씨였다. 쉬지 않고 강행군을 한 탓인지 과부도 목이 말랐지만 소도 갈증 때문에 기진맥진이었다.

일을 끝난 과부는 소를 몰고 연못으로 갔다.

더위에 시달리다 급히 물을 마신 탓인지 과부도 죽고 소도 죽고 말았다. 그 후로 이곳을 '쇠(소)죽은 못'이 라고 불렀다. 제주도 애월면 하가리에 있다.

제주의 신화와 전설에 나타나는 여인들은 강함과 근 면함을 갖고 있다. 드물지 않게 얘기 속에서 전해 내려 오는 여인들의 그런 정신이 지금 제주여성의 모습이라 고 확신한다.

꿈꾸는 자의
로망

늙어간다는 것은 자연스런 흐름이고, 언젠가 다가올 죽음은 생명의 완결이다. 그래서인지 나는 늙음이라는 말에 더 좋은 의미를 찾고 싶다. 이를테면 늙음을 허약이라고 받아들일게 아니라, 성숙의 가치로 말이다.

기쁨 뒤에 있는 슬픔, 적료감을 동시에 느낄 수 있었으면 한다.

언젠가 읽었던 글귀가 생각난다.

- 의연하게 죽을 수 없는 자여.
  그것으로 좋지 않은가.
  인간을 넘어선 위대한 자연,
  위대한 생명은
  의연하게 죽지 않아도
  그런 것은 문제 삼지 않으니까. -

늙음과 죽음은 정말 뜻밖의 일로 다가온다는 말이 있다. 아무리 발버둥쳐도 이것만큼은 거역할 수 없는 순리다. 그러나 늙지 않고 죽지 않으려고 발버둥쳤던 얘기들이 얼마나 많은가. 넓은 중국 대륙을 통일한 진시황은 천하에 부러울 것이 없었다. 그렇지만 단 한가지 아쉬운 게 있었다. 그것은 늙음을 어쩔 수 없었고, 죽음을 막지 못하는 일이었다. 그런데 어느 날, 서불이 시황 앞에 나타나 "동해 가운데 삼신산이 있으며 그곳에는 신선이 살고 불로초가 난다."고 했다.

동남동녀 오백 명과 백공을 딸려 주면 그 불로초를 캐다가 바치겠다고 장담을 했다. 시황은 대단히 기뻐하며 즉시 허락했다. 서불(서복)의 요구를 모두 들어주어 불로초를 캐어 오도록 명령했다.

서불은 진시황의 총애를 받던 사람인데 제나라의 방사였다. 서불은 곤륜산의 천년 묵은 나무들을 베어 큰 배를 여러 척 만들었다. 좋은 집안의 동남동녀들 오백 명을 뽑고 또 뛰어난 백공들을 거느리고 많은 식량과 금은보화를 실어 배를 띄웠다. 그들은 망망대해에서 거친 파도와 싸우며 모진 항해 끝에 마침내 영주땅 금당포에 도착했다.

다음 날 아침 해가 솟아 오르자 서불은 바닷가 큰 바위 아래서 제사를 지냈다. 무사히 영주땅에 도착할 수 있게 해준데 대하여 천제에 감사드렸다.

곧 불로초를 찾아 서불은 한라산에 올랐다. 아흔아홉 골짜기를 헤맨 끝에 마침내 불로초를 캐고 산을 내려 왔다.

그가 내려온 곳은 산남에 있는 정방폭포였다. 웅장한 폭포가 절벽에서 바로 바다로 떨어지는 광경을 보고 그 아름다움에 감탄했다. 그리하여 그 절벽 바위에 '서불과지徐市過之'라는 글을 새겨 놓았다.

서불은 이 곳의 아름다운 경치에 매료되어 며칠을 더 묵다 떠났다.

서복 일행이 써 놓은 '서불과지'라는 글자로 서복이 서쪽으로 돌아간 포구라는 뜻으로 서귀포란 지면이 붙여졌다는 전설이 있다. 이 전설 가운데 궁금해지는 것은, '서쪽으로 돌아간다'는 말이다. 그렇다면 그들은 다시 중국으로 돌아간다는 얘기가 되지만 방향을 돌려 일본으로 간 것으로 전해지고 있다. 서불이 진시황에게 약속을 지키지 않아서였을까. 아무튼 천하를 지배하고 그토록 불로장생을 꿈꾸었던 진시황도 50세를 넘기지 못했다.

'죽으면 죽으리라'는 말을 나는 좋아한다. 여러 측면의 해석이 있지만 그렇게 큰 마음으로 모든 걸 맡기고 싶어서이다. 그런 자세로 살고 싶어서이다. 왜냐하면 거기에는 하늘의 이치, 자연의 움직임에 무의미하게 거스르지 않는, 늙은 수목이 수명을 받아들이는 그런 절대적 자세가 있기 때문이다.

누구에게나 공평하게 오는 늙음과 죽음, 인류역사상 이것보다 더 확실한 게 있었을까. 확실하기에 희망도 절망도 아닌 그걸 받아 들일 각오가 필요한지 모르겠다.

용머리
바위

그리스신화에서 말馬을 만들고 경마를 시작한 것은 흥미롭게도 바다의 신 포세이돈이다.

포세이돈은 농작의 여신 데메테르를 사랑했다. 그때 데메테르는 딸 페르세포네의 행방을 찾아 헤매다 지쳐 있었다.

힘이 든 데메테르는 신들과도 거신족巨神族과도 사귀는 게 싫증이 나자 그녀 자신을 암말의 모습으로 바꿔 버렸다. 그리고 자신의 모습을 감추고 가축들 사이에서 풀을 뜯고 있었다.

그러나 그 암말이 데메테르인 것을 알아 챈 포세이돈은 자신도 암말로 변신해서 그녀를 쫓았다. 끝내 그녀를 덮쳤다.

이 일로 생겨난 게 지모신地母神 여왕 티즈포이나와 신령스러운 말馬 '아레이돈'이다.

아무튼 말과 바다와 힘센 장수의 얘기는 그리스뿐만이 아니라 제주의 전설에도 있다. 위 세 가지의 요소가 하나씩 독립된 얘기로 만들어진 경우가 아니라 그 세 요소가 같이 전설의 무대를 이루고 있는 경우다.

옛날 이 바닷가에 한 백마가 있었는데 용이 되는 게 꿈이었다.

조용하던 마을에 이런 백마가 나타난다는 소문이 퍼졌다. 소문을 듣고 한 장수가 백마를 잡기로 했다. 장수는 하루에 쌀 한 섬과 돼지 한 마리를 먹는 사람이다.

장수는 백마가 나타난다는 곳으로 갔다. 기다렸지만 헛수고였다. 백마는 사람이 안 보일 때만 물 위로 모습을 보인다는 것이다.

장수도 생각을 했다. 그렇다면 허수아비를 만들어 세워 둘까했다. 언젠가는 백마가 허수아비와 친근해질 것이라는 속셈이었다.

장수는 나무를 깎고 옷을 입혀 사람과 같은 모습으로 완성된 허수아비를 백마가 나타난다고 하는 언덕에 세워놓았다.

얼마나 시간이 지났을까. 사람을 피해 나타나던 백마가 그 허수아비 가까이 가 놀기도 하는 게 아닌가.

이것을 본 장수는 드디어 기다리던 때가 왔다고 생각했다.

어느 밤, 그는 허수아비 모양을 하고 그곳에 가 있었다.

날이 밝았다. 백마는 아무런 두려움 없이 장수가 서 있는데 허수아비인 줄 알고 다가갔다. 순간 장수는 있는 힘을 다해서 백마의 목덜미를 붙잡았다. 백마는 달아나려고 요동 쳤으나 어쩔 수 없었다.

저항을 그만 둔 백마는 하늘을 향해 크게 세 번 울음을 울었다. 삽시간에 먹구름이 일고, 천둥이 치고 바람이 불고 억수같은 비가 쏟아져 내렸다.

얼마 후 날이 개였다. 그 자리엔 백마가 물속에 잠긴 채 바윗돌로 굳어져 있는 게 아닌가.

용머리바위는 한 장수의 손에 의해 백마의 머리가 굳어져 생긴 것이라고 한다.

용머리바위를 용두암 이라고 하며 제주시 용담동 서북쪽 바닷가에 있다.

예부터 제주사람들은 얘기 하는 걸 좋아했다. 나의 할머니도 어머니도 언제나 얘기를 들려주셨다.

현대와 달리 전달수단이 발달되지 않았던 그 시절, 모여 앉아 얘기를 들려주시고 듣던 일은 상당히 큰 의의를 갖고 있었던 것 같다. 내게는.

요즘은 옛 얘기와는 너무도 멀리 와버린 것 같은 기분이 들어 슬프다.

신화와 전설은 인간 존재의 탐구 자세임은 말할 것도 없고, 어차피 시간을 넘어 현대에도 우리는 살아 갈 수밖에 없다. 그리고 얘기는 계속되어 질 수밖에 없다.

새콧할망당

신화는 그 민족과 문화가 형성되는 과정을 자기 인식 하는 방법으로 탄생한다. 그리고 그 역사시대로 들어가는 동시에 창조를 정지한다. 신화가 역사와 접속하는 지점에서 신화의 위상이 정해지는 것이다.

요즘 신화가 주목받는 이유는 무엇일까. 거기에는 상상력과 이미지, 스토리가 있기 때문이다. 그래서 스토리텔링은 어느 때 보다도 절실하고 그로 인한 부가가치에 대한 기대가 요즈음 남다르다.

신화는 상상력의 근원이라고 한다. 간혹 신화를 들여다보면 어떻게 저런 생각을 했을까라는 생각이 들 정도로 황당하고 놀라웁다. 정말 상상력이 풍부하다는 걸 인정하지 않을 수 없다. 상상력은 다른 말로 창조적이라고도 할 수 있다. 창조를 위해서는 자유로운 상상력이 바탕이 되어야 한다. 다시 말해서 '창조적 상상력'

이다.

신화는 인류가 최초로 머리에 떠올린 가장 오래된 상상력으로 만들어낸 원형들, 즉 이미지를 포함하고 있다. 모든 이야기들은 옛날 신화에 이미 다 있었다고 해도 과언이 아니다.

신화와 가장 관련이 깊은 동물은 아무래도 뱀이 아닐까 생각한다. 뱀의 형상은 대부분의 문화권에서 물리쳐야 할 적으로 상징된다. 그런데 흥미롭게도 뱀은 악과 더불어 지혜를 상징하기도 한다. 그리스신화에 나오는 머리가 여덟 개 달린 괴물로 바다와 폭풍의 신 스사노오가 죽었다고 전해지는 것도 뱀이 아닐까 한다. 또 헤라클레스가 무찔렀다고 하는 히드라라고 하는 괴물도 뱀이라고 생각된다. 목 하나를 자르면 자른 곳에서 목 두 개가 나와 괴롭혔다고 한다. 다시 자르면 다시 나오고.

북유럽 신화의 세계를 미드그라드Midgard라고 하는데 자신을 끝없이 물어 뜯는 뱀으로 이루어졌다고 한다. 뱀은 주기적으로 허물을 벗으면서 어떤 의미에서는 새로 태어나는 동물이다. 자신의 죽음을 양식으로 삼아 부활하는 동물이다. 또한 이렇게 끊임없는 순화 재생의 상징으로 시작도 끝도 없이 자신의 죽음을 통해 다시 부활한다. 이런 점에서 뱀은 바로 영원 우주의 상징이 되는 것이다. 그래서인지 뱀은 세계 각국의 창조 신화 속에서 중요한 위치를 차지하고 있다. 신화 속에서의 뱀은 비를 내리는 권능을 보이기도 하고, 태초의 신으로 뱀이 등장하기도 한다.

뱀이 신화 속에 등장하는 이유는 신성한 지혜와 혹은 인간에게 숨겨진 지혜를 의미한다는 것이다. 뱀은 허물을 벗는다는 점에서 달과 공통점을 가지며, 달과 여성은 같은 주기를 가진다는 점에서 공통점을 갖는다.

뱀은 여성의 상징인 동시에 그 모양으로 인해 남근의 상징이 되기도 하는 이중적인 성격이라는 것이다.

제주에도 뱀에 관한 수많은 신화와 전설이 있다.

조선조 초기. 제주에는 7년 동안 가뭄이 들었다. 백성들은 먹을 것이 없어 허덕였다. 도저히 이 어려운 난국을 헤쳐 나갈 길이 막막할 때였다. 막 부임해온 제주목사가 고심 끝에 제주에서 가장 돈이 많은 사람을 찾아오라는 명을 내렸다. 마침 조천에 안 씨라는 자가 있다는 걸 알게 되었다. 제주목사는 안 씨에게 이런 가뭄 속에서 제주사람을 살려야 하는데 무슨 수가 없겠는가 하고 물었다. 알겠습니다 하고 목사에게 정중히 절을 하고 안 씨는 나주에 있는 김인창이라는 사람을 찾아 갔다.

안 씨는 김인창으로부터 얻은 곡식을 배 가득 싣고 제주를 향해 오고 있었다. 어디쯤 왔을까. 하늘도 무심하시지, 폭풍이 휘몰아 치기 시작했다. 심한 폭풍으로 닻이 꺾이고 배 밑창이 터져 물이 들어오기 시작했다. 그런 상황에서도 안 씨는 신에게 간곡히 기도를 했다.

절절한 기도 때문인지 바다는 언제 그랬냐는 듯이 잠 잠해졌다. 그런데 배 밑창이 떨어져 나가서 가라앉아야 할 배가 물 위로 둥둥 뜨는 게 아닌가. 안 씨와 그 일행 은 놀라서 배 밑창을 살펴 보았다. 순간 놀라지 않을 수 없었다. 놀랍게도 커다란 뱀이 그 구멍을 막고 있었 다. 배가 제주 섬에 도착하자 뱀은 어디론가 달아나 버 렸다.

그날 밤 놀랜 안 씨는 신께 감사드리는 마음으로 뜨 거워져 잠을 뒤척였다. 얼마를 그랬을까. 겨우 잠이 들 었는데 그 뱀이 나타났다. '자기를 모셔라. 그렇지 않으 면 큰 재난을 당하리라' 하고 사라졌다. 그렇게 해서 '조천 새콧할망당'이 만들어졌다고 한다.

지금은 새콧할망당 주위로 많은 집이 들어섰다. 신경 을 쓰고 보지 않으면 지나칠 정도로 초라한 모습이다. 때로는 골목 안에 있어 불편을 느끼는 동네사람들이 어 떻게 해야하지 않나 하고 생각할 때도 있다고 한다. 그 런가 하면 신당인데 어떻게 했다가는 무슨 일이 생기는 게 아닐까하는 우려도 있다고 한다.

인간에게 있어 신은 언제나 두려운 존재인지 모른다.

그 곳에
핀
산수국

　　애월읍 고성리에 있는 항파두리성을 찾았을 때 길 옆으로 산수국이 가득 피어있었다.

　산수국은 애틋하면서도 놀라울 정도로 아름답다. 산수국은 열매를 맺지 못하는 가련한 꽃이다. 꿀이 없기 때문에 벌이나 나비가 날아들지 않는다.

　산수국은 꽃봉오리 주위에 예쁜 꽃잎들이 피는데 이 것은 벌레를 유인하기 위한 위장용이다. 실제는 암술과 수술이 없는 헛꽃으로 가운데 작게 모여 있는 게 진짜 꽃이다. 진짜 꽃만으로는 벌과 나비의 눈에 띄지 않으니까 헛꽃으로 벌과 나비를 유인한다.

　헛꽃이 벌과 나비를 유인해서 진짜 꽃의 수정이 완벽하게 이루어지고 나면 이번엔 헛꽃에 또 작은 진짜 꽃 한송이가 피어나는 게 탐라산수국이다. 헛꽃에서 양성화를 피우는 것이 탐라산수국의 특징이다.

수국은 색깔이 여러 번 변하면서 시들어 간다. 그래서 꽃말을 '변하기 쉬운 마음'이라고 붙였는지도 모른다. 하지만 산수국의 꽃말은 '마음'이다. 이 마음은 어떤 걸 의미하는지.

몽골의 고려 침략으로 고려의 대몽항쟁기는 무려 42년간이나 계속되었다.

원종 11년 6월 몽골이 강화를 침략함으로써 이에 반발해서 삼별초가 주동이 되어 대몽항전이 시작되었다. 이때 삼별초정부가 수립되었다.

같은 해 8월, 진도로 들어가서 항전했지만 적의 공세로 삼별초는 몰리게 된다.

고려 원정 12년 5월 위기를 느낀 진도 삼별초의 잔여세력은 김통정의 지휘 아래 애월읍 하귀리 해안지역 군항포를 통해 제주에 들어온다.

고려의 무신 김통정 장군은 고려 말 궁지에 몰린 삼별초를 이끌고 진도를 거쳐 제주에 온 것이다.

그는 제주가 항몽 활동의 마지막 거점지로 충분하다고 생각한다. 항파두리가 분지를 이루고 있고 사방이 개천으로 둘러싸여 지리적으로 싸움에 유리하다고 판단한다.

김통정은 도민들을 동원하여 토성을 쌓는다. 토성이 완성된 후 김통정은 재를 성 위에 뿌린 다음 말꼬리에 빗자루를 매달아 성 위를 달리면, 재가 안개처럼 사방을 뒤덮을 것이라고 생각했다. 주민들 사이에 자신이 구름 위를 난다는 소문을 퍼트리고 싶었다. 김통정 나름대로의 카리스마를 연출하고 싶었던 게 아닐까.

그 후 일 년 간 '항파두리성' '애월목성' '환해장성'을 쌓고 그것들을 내성, 중성, 외성으로 3중성으로 둘러쳤다. 보다 안전하게 만들었다.

몽골은 큰 공을 세운 장군에게 '큰 용사'라는 뜻의 '바투'라는 호칭을 부여한다.

'여·몽 연합군'의 몽골 측 장군 '홍다구'도 제주 삼별초 평정의 공으로 후에 '홍바투'라는 칭호를 받게 된다.

항파두리성도 홍바투의 전공을 기리는 의미로 홍바투성이라고 칭하게 된 데서 유래되었다고 한다.

한자와 제주어의 결합으로 이루어졌다는 다른 설도 있다.

'항(항아리)에 쭈욱 둘린 가장 자리'란 말에서 유래하면서 항파두리성은 항의 가장자리와 같이 타원형으로 쌓여져 있기 때문에 일컬어졌다는 얘기도 있다.

아무튼 몽골은 정기적으로 공물을 바치는 행위가 불투명한 일본 보다, 제주 삼별초를 우선 정벌하기로 결정한다. 고려와 몽골 사신과 삼별초 지휘부에 친척 등을 보내 회유를 시도 하지만 제주 삼별초 지휘부가 강력히 거부한다.

원종 14년, 1273년 몽골의 홍다구 장군은, '여·몽연합군'을 데리고 명월포로 상륙한다.

김통정이 이끄는 삼별초와 '여·몽 연합군'의 싸움이 벌어진다.

결국 전투 개시 4일 만에 항파두리성이 함락되고 만다. 처참하게 무너져 버린다.

급기야 김통정은 남아있는 70여 명과 함께 한라산 기슭 붉은오름으로 들어간다. 거기에서도 계속 저항을 한다. 그러나 일행들은 연일 연합군에 피살되거나 항복하고 만다.

3개월 후 포위망이 점차 좁혀오자 가망성이 없음 알고, 적의 손에 죽임을 당하느니 차라리 내 손으로 죽이는 게 낫다고 결심한 김통정은 아내와 아이들을 자신의 손으로 죽인다.

김통정도 자결을 한다.

삼별초 대몽항쟁은 실패로 끝났다.

그 결과 국가의 자주성이 크게 손상될 정도로 몽골이 고려 내정에 깊이 간여하는 계기가 되었다.

원元의 간섭이 본격화 됨으로 국가체제를 유지하고 제주지역 몽골 직할령화의 직접적인 계기가 되기도 했다.

'여·몽 연합군'이 '항파두리성'을 공격하기 직전 제주 삼별초의 우두머리 김통정 장군은 그의 어머니를, 애월읍 유수암리 북쪽에 있는 '종진장터'로 피신 시켰다.

아들의 사랑과 효도를 누구보다 받았으나 어머니로

서는 가슴 쓰라린 현실이었다. 그의 어머니는 굴을 파서 살았다. 마을 사람들에게 "밤에 불빛이 안 보이거든 굴 입구를 막아 달라"고 부탁을 했다.

그의 어머니는 굴속에서 오직 아들 김통정을 걱정했다. 그리워했다. 굴속에서의 하루하루가 지옥 같았다. 자식 사랑의 애틋한 마음은 차라리 고통이었다. 육신은 무너져 갔다.

어느 날, 굴에서 불빛이 안 보이게 되자 마을 사람들은 그의 어머니 소원대로 굴 입구를 막았다.

그 뒤, 그곳에는 산수국이 가득 피었다고 한다. 슬픔을 달래기라도 하는 듯, 아들에게 그리워하는 마음을 전하려는 듯.

그래서인지 산수국을 '삼별초의 꽃', '도채비 꽃'이라고도 한다.

산수국의 꽃말은 마음이다.

이 애처롭고 아름다운 꽃을 집에는 심지 않는다.

너무 마음이 아파서일까?

설문대할망과의
행복 대결

공원 옆 작은 아파트로 이사 온 지 3년이 되었다. 아파트 창문을 열면 공원이 보인다. 공원은 늘 비어 있다. 그래도 봄에는 벚꽃이 쏟아질 듯이 피고 가을에는 단풍든 나무가 곱다. 이곳으로 이사 오게 된 것도 공원이 있어서였다.

또 다른 이유는 빨래판 때문이었다. 이 아파트 베란다엔 대리석으로 빨래판이 만들어져 있다. 설계를 그렇게 했다는 것이다. 그게 마음에 들었다. 전에는 빨랫감을 구분하지 않고 한꺼번에 세탁기에 놓고 돌렸다. 지금은 손으로 빨아야 하는 것은 이 빨래판을 이용한다.

어렸을 적에는 찌그러진 대야에 빨랫감을 넣고 산지천에 가서 빨아 오곤 했다. 감자비누라는 게 있었는데 그걸로 비누질을 하고 빨래방망이로 두들기고 하는 게 재미있었다. 이제는 그런 정서도 없어지고, 슬프다는 생각이 든다.

그렇지만 아직도 빨래터랑 빨래판이 있다. 아름다운 쪽빛 바다, 김녕리 바다에 있는 두럭산이 그 곳이다. 설문대할망이 한라산에 한 발을, 다른 한 발은 성산 일출봉에 걸치고 앉아 빨래를 놓고 빨았다고 하는 곳이다.

설문대할망은 거인이었다고 한다. 할망에게는 설문대하르방과의 사이에 5백 명의 아들이 있었다. 그 아이들의 엄청난 빨랫감 때문에 두럭산은 몸살을 앓을 정도였다고 한다.

두럭산은 높이 1m 정도의 바위다. 그것도 썰물 때는 보이고 밀물 때는 보이지 않는다. 그런데도 이곳을 산이라고 한다.

제주에는 오대산이 있다. 한라산, 성산, 영주산, 산방산, 두럭산이다.

한라산은 영산이어서 운이 돌아오면 장군이 난다고 한다. 한라산에 장군이 나면 두럭산에는 이 장군이 탈 용마가 난다고 한다. 그래서 이 두럭산을 신성하게 여기면서 금기사항이 생겼다. 절대 올라가지 말 것. 허튼 행동을 하지 말 것. 큰소리치지 말 것. 대변을 보거나 소변을 보면 잠잠하던 바다가 요동을 친다고 한다.

김녕리 바다에는 유난히 생생한 용암의 흔적이 있다. 용암이 흐를 때 만들어진 새끼줄 구조의 모양이 아주 특이하다.

사람들은 김녕리 해안을 하나의 자연박물관이라고 부른다. 또 백만 평의 정원이라고 말하기도 한다.

　설문대할망은 김녕리의 해안을 두루 구경하면서 빨래를 했는데, 나는 베란다에서 공원의 벚꽃을 보며 빨래를 하고 있다.

　우리 집 대리석 빨래판이랑 설문대할망이 빨래하던 두럭산을 은근히 견주어 볼까하는 마음이 생긴다. 아니, 안 된다. 부정한 짓을 하면 안 된다는 걸 잠시 잊었나 보다.

　아름다운 경치가 두루 자기 것인 설문대할망은 복도 좋다. 그러나 베란다 창문을 열고 보는 벚꽃의 아름다움도 만만치 않다. 나는 어떤가. 너무 행복하다.

나,
그대
사랑하였기에

　　여성의 자립에 대한 얘기가 요즘처럼 크게 들리던 시대가 또 있었을까.

　지금 자립한 여성은 많은 여성들의 꿈이고 바람이 되었다. 생활인으로서만이 아니라 연애에 있어서도 그렇다.

　그렇다면 여성에게 있어 진정한 자립이란 무엇인가.

　자기가 선택한 일에는 책임을 지는 것. 변명하지 않는 것. 타인의 탓으로 돌리지 않는 것. 자신의 상처는 스스로 치료하는 것.

　이런 산뜻함과 늠름한 자세로 자신의 삶을 살아가는 게 자립이다. 또한 성숙한 여성의 모습이 아닐까 하는 생각을 한다.

　자신의 선택을 존중하고 책임질 수 있었던 여성, 사랑에 있어서도 당당했던 제주여인 홍윤애에 대한 얘기를 할까 한다.

1777년 2월 28일 정조가 즉위한 이듬해 경희궁 현존각에 있는 그의 침소에 자객이 침입했다. 왕을 중심으로 위민국가를 건설하려 했던 정조의 이상에 불만을 품은 세력들이 왕을 제거하고 정조의 이복동생을 새 왕으로 옹립하려고 했다.

이 사건에 연류 되어 정헌 조정철은 제주로 유배되었다.

조정철은 이조참판과 호조참판을 지낸 조명순의 자제로 스물다섯의 나이로 대과에 합격했다. 그러나 그가 과거에 급제한 이듬해, 정조가 즉위하면서 시국은 변하기 시작했다.

조정철이 임금을 시해하려는 음모에 가담했다는 누명을 쓰게 된 것은 사건에 연류 된 홍상길을 심문하는 과정에 있었다. 홍상길의 형 홍상범의 여종이 말하기를 조정철이 집에 드나들며 그의 부인과 만났다는 단서가 나왔기 때문이었다. 부인 홍 씨는 자신이 화를 자초했다는 자책감을 이기지 못해 스스로 목숨을 끊었다.

조정철은 자신의 결백을 주장하였지만 결국 누명을 벗지 못하고 제주로 유배되었다. 그의 나이 스물일곱이었다. 제주에서의 유배생활은 고독했다. 시련의 연속이었다. 제주판관 정래운은 그의 일거수일투족을 감시했다. 심지어는 독서조차도 금지시켜 버렸다. 연고가 있

는 사람들이 간혹 찾아와 위로 했으나 그게 무슨 위로
가 되었을까.

운명의 신은 그를 그렇게 두지 않았다. 그에게 사랑
이 찾아왔다.

사람을 사랑하는 일은, 그 사람에게 더 사랑하는 힘
을 주려고 하는 것인지도 모른다.

그에게 찾아온 사랑의 여인 '홍윤애'.

홍윤애는 몰락한 양반집 딸이었다. 그녀는 총명하고
사리에 밝으며 외모가 뛰어난 스물의 처녀였다. 유배인
조정철을 사모하여 그의 적거에 출입하면서 그녀의 운
명은 걷잡을 수 없는 곳으로 빠져 들었다.

그 두 사람이 사랑에 빠지는 데는 그리 많은 시간이
걸리지 않았다.

인간으로서 성장하는 것은 진정한 사랑을 할 때 더
성장한다고 했다.

깊은 상실과 고독에 빠져있던 조정철에게 다가온 사
랑은 그 후 26년간의 제주 유배 생활 못지않게 처절했다.
그 처절한 사랑이 곧 그 자신의 삶을 지탱하게도 했다.

'무수히 피었던 복숭아 꽃나무

비온 후 잎이 무성하네

속세의 소식 끊기고

무릉에 봄이 돌아 온 듯'

조정철이 홍윤애와의 사랑을 시작하며 지은 노래이다.

그러나 그 사랑도 오래가지 못했다. 조정철의 집안과 4대째 원수 집안인 김시구가 제주목사로 부임하면서 상황은 더욱 나빠졌다. 반드시 조정철을 죽여야겠다는 결심을 한 김시구는 그의 죄목을 캐려고 했다.

방법을 찾던 중 가냘픈 홍윤애를 주목했다.

여자를 문초하면 조정철의 죄목을 자백 받을 수 있을 것이라고 확신해서였다. 곤장 70대. 뼈가 으스러지고, 살점이 뜯어져 나가도 홍윤애는 입을 열지 않았다. 심지어는 자백을 받기 위해 망가지고 으스러진 그녀를 거꾸로 매달았다. 그래도 그녀는 입을 열지 않았다.

홍윤애는 죽음으로 그녀의 사랑, 목숨보다 더 귀한 사랑, 조정철을 보호했다. 죽음으로 그 사랑을 완성시켰다.

조정철은 29년간의 귀양살이를 마쳤다. 쉰다섯이 되어있었다.

그는 환갑이 되어 제주목사 겸 전라방어사로 명을 받아 다시 제주로 오게 되었다.

제주에 온 조정철은 그의 피맺힌 사랑 홍윤애의 무덤을 찾고, 꿈에도 그리던 딸도 만났다.

조정철은 제주에 일 년 있는 동안 홍윤애를 위해 글을 써서 비를 세웠다. 감귤재배를 권장하는 등의 많은 업

적을 세웠다.

그 후 충청도 관찰사, 이조참판 등을 역임한 뒤 1831년에 생을 마감했다.

지금은 축복받은 땅 제주이지만 과거에는 저주받은 땅이었다. 특히 조선 5백 년 동안 얼마나 많은 선비들이 귀양살이를 했고, 그들의 한이 맺힌 땅이 아니던가. 유배인과 제주여인의 사랑이 어디 한 둘일까. 길고 긴 역사만큼이나 많았을 것이다.

조정철과의 사랑을 죽음으로 완결시킨 홍윤애의 무덤은 북제주군 애월읍 금덕리쪽에 있다.

나는 홍윤애를 '열녀'라고 그렇게만 부르고 싶지 않다.

그녀야말로 진정한 자립을 아는 여성이었다. 그의 삶도 사랑도 성숙한 여인의 그 모습, 그 자체였다는 생각이 든다.

뱀에
대한
이야기

그리스신화에서 대지의 여신이 만들어 낸 왕뱀 퓌톤은 누우면 산자락 하나를 덮을 만큼 컸다. 이렇게 큰 뱀을 본적이 없는 인류에게 왕뱀 퓌톤은 두려움의 대상이었다.

그런데 활의 신 아폴론이 그 왕뱀을 죽였다. 아폴론은 이 무서운 왕뱀을 향해 화살 통 하나가 빌 때까지 활을 쏘아댔다. 왕뱀의 독이 한 방울도 남김없이 흘려 비워질 때까지 쏘아 댄 것이다. 아폴론은 최초의 왕뱀 퓌톤을 죽인 영웅적인 업적을 몹시 자랑스럽게 여겼다.

이런 뱀 얘기가 역시 제주의 전설에도 있다.

제주 구좌면 김녕리에서 북쪽으로 약 1킬로쯤 가면 뱀굴이라는 커다란 동굴이 있다.

옛날 이 굴에 큰 뱀이 살고 있었다. 크기가 굴의 반이나 되며 특이한 것은 큰 귀를 가지고 있다는 것이었다.

이 뱀은 온갖 이상한 짓으로 마을 사람들을 괴롭혔다. 마을에선 그 괴롭에서 헤어나려고 술과 떡을 차려 제사를 지냈다. 게다가 열다섯이 되는 처녀를 제물로 바쳐야 했다. 그렇지 않을 경우 일 년 내내 마을에 재앙이 그치질 않았다.

그러던 중 조선시대 중종10년에 서린이라는 사람이 판관으로 부임하여 왔다. 그는 동네의 그런 소문을 듣게 되었다. 그는 나이는 어리지만 담력이 있었다.

많은 생각 끝에 서린은 이 뱀을 처치하기로 결심을 했다. 그는 부하 수십 명에게 창검을 소지하게 하였다.

서린 일행은 김녕 뱀굴 앞으로 갔다. 거기서 그 뱀을 죽이기에 앞서 제사를 지냈다. 그러자 뱀이 커다란 모습을 나타냈다. 뱀이 제물로 바쳐진 처녀를 삼키려는 순간 서린은 준비한 창으로 뱀의 허리를 찔렀다. 부하들도 일제히 달려들어 뱀을 찔러댔다. 뱀은 죽었다. 그들은 뱀을 불태우고 돌아섰다. 그리고 걸어서 나왔다.

그때 서린을 부르는 소리가 들렸다. 노인의 목소리였다. 돌아보지 말아야 하는데 서린은 무심코 뒤를 돌아봤다. 방금 죽인 그 뱀이 구름을 타고 쫓아오는 게 아닌가.

서린은 죽을 힘을 다해 그곳을 벗어나 관아로 왔다.

그런데 그 후로 서린은 시름시름 앓다가 죽고 말았다.

사람들은 서린의 용기를 기리며 그의 죽음을 슬퍼했다. 서린 판관비를 세웠다.

그리스신화에도 뱀은 죽음, 예언, 저승, 의술과 밀접한 관계로 나타난다.

에우뤼케의 발뒤꿈치를 물어 저승으로 보낸 뱀이 있는가 하면 델포이의 신전에서 앞날을 예언하는 뱀도 있다.

인간에게 득이 되는 긍정적인 뱀이 있는가 하면 해가 되는 부정적인 검은 뱀도 있다. 그런가 하면 제주의 전설 중에 섶섬에 살고 있는 새빨간 뱀이 있다. 그 뱀은 용이 되는 게 소원이었다. 그 뱀에게도 커다란 귀가 달려 있었다고 한다.

그 뱀은 용이 되고 싶어서 용왕님께 기도를 얼마나 정성스럽게 드렸던지 마침내 용왕님이 모습을 나타내었다. 그리고는 그 뱀에게 '섶섬과 지귀섬 사이에 야광주를 숨겨두겠다. 그것을 찾아내면 용이 될 수 있을 것이다.'라고 했다.

뱀은 그날부터 그 야광주를 찾기 위해 애를 썼다. 그러나 워낙 바다 속이 험하고 물살이 세서인지 결국 찾을 수 없었다. 맥 빠지고 고달픈 뱀은 끝내 용이 되는 꿈을 이루지 못한 채 죽고 말았다.

그 후부터는 비가 오려면 섶섬 하늘엔 안개가 낀다.

사람들은 그렇게 애쓰다 죽은 뱀의 한이 맺혀서 그렇

다고 여겨 거기에 '당'을 만들었다. 어부들은 그곳에서 제사를 드리기 시작했다.

이토록 인간의 삶 속에 깊게 들어와 얘기되고 있는 뱀의 정체는 도대체 무엇인가?

혼인지에서
결혼하다

불의 신 프로메테우스에게는 에피메테우스라는 동생이 있었다.

에피메테우스 '때늦은 지혜자'라는 의미다. 그런 그가 일상이 지루하고 무엇인지 모를 허전함과 애절함이 생기기 시작했다. 아마 배우자에 대한 그리움이었을 것이다.

어느 날 몹시 아름다운 사람이 그 앞에 나타났다. 그 땅에는 여자라는 게 존재하지 않았기 때문에 당황하고 놀랐다.

"당신은 누구시오?"

"나는 판도라"

"판도라?"

"나는 여자. 거대한 신神 제우스가 당신에게 보내는 선물로 왔지요"

"그래?"

판도라는 제우스가 신들을 총동원하여 만든 인류 최초의 여성으로 알려져 있다.

헤파이스토스가 흙에 물을 섞어 여신과 비슷한 형상을 빚었다. 아프로디테가 치명적인 매력을 선물했고 헤르메스가 기만과 속임수 아첨과 꾀를 줬고 예술의 여신 아테네에게서는 아름답게 몸을 장식하는 온갖 기술을 위임 받았다.

판도라는 '모든 선물을 받은 여인'이라는 뜻이다.

판도라는 천상의 신들로부터 모든 재능을 얻고 지혜를 얻었기 때문에 사랑의 기법에 있어서도 뛰어났다. 그때까지 지상에는 여자가 없었기 때문에 에피메테우스는 사랑하는 방법을 몰랐다. 모든 면에서 뛰어나고 눈부신 아름다움의 여인 판도라를 어찌 사랑하지 않을 수 있었으랴. 사랑의 힘은 대단한 것이다.

형 프로메테우스의 반대를 무릎 쓰고 에피메테우스는 판도라와 결혼을 한다.

나는 언제나 묘하게도 이 부분까지 읽으면 연관법으로 떠오르는 얘기가 있다. 물론 내용은 다르지만 '상자를 연다'고 하는 나의 이미지에서 오는 경험이다.

소개를 하자면,

한반도 남쪽 끝 바다 한가운데 신들만이 살고 있는 섬이 있었다. 섬 가운데 있는 산은 높이를 가늠하기 어려울 만큼 늘 구름에 가려져 있었다. 어느 날, 섬을 내려다보던 하늘상제가 산을 에워싸고 있는 구름을 하늘로 끌어 올리자 신비에 쌓였던 한라산이 모습을 드러냈다. 몹시 웅장하고 아름다웠다.

바로 그날, 한라산 북쪽 들녘에 이상한 기운이 감돌더니 땅에서(삼성혈) 세 사람이 솟아 나왔다. 그들은 모두 몸에서 광채가 나고 건장했다. 이름은 '고을나' '양을나' '부을나'라고 했다.

이들은 온 섬을 휘 젖고 다니며 사냥을 하며 부족함 없는 생활을 했다.

그러나 어찌하랴. 세월이 흐르면서 쓸쓸하고 가슴속에 아련히 뭔지 모를 아픔이 생겼다. 외로움과 이성에 대한 그리움이었다.

허전한 마음을 달래며 희망 없이 지내는 걸 하늘상제가 불쌍히 여겼는지 일이 생겼다. 지금의 성산읍 온평리 부근 바닷가에서 고기를 잡고 있는데 해안으로 밀려서 떠 있는 배를 발견하게 되었다.

배 위에는 자줏빛 목함이 있었는데 그걸 열었더니 세 명의 어여쁜 처녀가 있는 게 아닌가. 이웃 벽랑국의 공주들이었다. 또 상자 속에는 오곡과 송아지도 들어있었다.

하늘상제가 정해 준 배필로 알고 세 사람은 각자 짝을 정한 뒤 온평리 마을 서쪽에 있는 연못에서 합동혼례식을 치렀다. 그 연못 이름이 '혼인지'다

세 신인은 각자 활을 쏘아 화살이 떨어진 곳을 각자의 영역으로 정했다. 공주들이 가지고 온 오곡의 종자와 송아지로 부지런히 밭을 일구고 바다에서 고기를 잡으며 탐라국을 건국하였다.

결혼식을 올린 연못 혼인지에는 봄부터 가을까지 하얀색과 분홍색 수련이 핀다. 연못 뒤로 난 숲속에는 세 공주가 삼신 삼을나과 결혼해서 첫 날 밤을 보냈다는 굴이 남아있다.

어렸을 때 이 두 개의 신화를 읽으면서 나는 이런 생각을 했다. 한쪽은 열어서는 안 될 상자를 열어서 이 세상에 고통, 불행, 시기, 질투, 병 이런 것들이 나와 버렸다. 물론 도중에 급하게 뚜껑을 닫아 아직 희망이라는 게 남아있지만. 한쪽은 상자를 열어서 예쁜 세 처녀와 결혼을 하고 탐라국을 만들었다라고 하는 게 나의 어렸을 적 비교 판단이었다.

신화가 주는 이야기 저 너머에 있는 인간적인 요소들. 그것은 결국 인간을 성장하게 하고 감동하게 한다는 걸 잘 몰랐었다.

신화는 어느 나라의 것을 막론하고 시적 상상력에 의한 사물의 기원이 있다. 또 역사적 요소가 있고 소설적 스토리텔링이 있다.

그래서 신화는 그윽하다.

천지창조
여신

그리스신화의 신화라는 말은 뮤토스 즉 '얘기되어진 말' '이야기'라는 의미다.

고대 그리스인은 얘기하는 걸 좋아했다. 현대와 달리 문자나 다른 전달수단이 발달되지 않았던 시대에 이야기를 한다는 건 얼마만큼 중요한지 짐작이 간다.

하루의 노동을 끝내고 모닥불을 피워놓고 둘러앉아 이야기꽃을 피웠을 것이다.

그리스의 창조신화는 모계 창조신화이다. 나중에 부계 창조신화로 이어가지만.

태초에 혼돈과 어둠이 있었다. 모든 요소들이 형체 없이 뒤섞여 있었다. 그 혼돈 속에서 어머니 대지인 가이아가 나타났다.

가이아가 잠을 자던 중에 천국 또는 하늘이라는 뜻을 가진 아들 우라노스를 낳았다. 우라노스는 하늘나라의 자기 자리로 올라간 뒤 어머니에 대한 감사의 마음을 비로 만들어 내려 보냈다.

이 비가 땅을 비옥하게 만들었고 그로 인해 땅속에서 잠자고 있던 모든 씨앗들이 생명을 얻게 되었다.

이 얘기만 들어도 대단한데 제주의 창조신화는 훨씬 그 위다.

제주의 창조주 설문대할망은 여신이다.

설문대할망은 옥황상제의 막내딸이었다. 할망은 호기심이 많고 활달한 성격이었고 거대한 몸집과 힘을 지녔다. 어느 날 천상계에서의 생활이 무료하고 갑갑하게 느껴졌다.

문득 저 바깥 세계는 어떻게 생겼는지 궁금해졌다. 그 어떠한 신도 해보지 못한 엉뚱한 생각이었다.

몰래 내려다 본 바깥 세계는 하늘과 땅이 맞붙어 있어 답답하게 보였다. 순간 할망은 그 세계를 열어 놓아야겠다고 결심했다. 미지의 어둡고 거친 공간이 할망의 호기심을 자극했다. 뒤탈을 신경 쓸 겨를도 없이 일을 시작했다.

설문대할망은 하늘과 땅을 두 개로 쪼개어 놓고 한 손으로는 하늘을 떠받들고 다른 한 손으로는 땅을 짓누르며 힘차게 일어섰다. 그러자 맞붙었던 하늘과 땅이 두 쪽으로 벌어졌다.

이 사실을 안 옥황상제의 진노는 대단했다. 게다가

땅의 세계는 옥황상제의 권역 밖이 돼 버렸다. 그 모든 일이 막내딸의 소행임을 알고 당장 땅의 세계로 쫓아내라고 불호령을 내렸다.

설문대할망은 속옷을 챙겨 입을 겨를도 없이 바깥 세계를 갈라놓을 때 퍼놓았던 흙만을 치마폭에 담고 인간 세상으로 내려왔다.

인간 세상에서 제일 먼저 한 일은 그 흙을 내려놓는 일이었다. 할망은 마땅한 곳을 찾느라 오랫동안 헤매 다녔다. 그러자 마땅하다고 생각하는 자리에 치마를 내리자 흙이 타원모양으로 내려 않았다. 그곳이 바로 제주도가 된 것이다. 흙을 그냥 내려놓고 보니 평평한 게 마음에 들지 않아 두 손으로 다시 흙을 일곱 번 떠 놓아 한라산을 만들었다.

인류사회의 최초 형태는 모계사회였고 여성 중심이었다. 모계사회는 씨족의 큰 할머니를 우두머리로 삼고 여성 씨족원으로 이루어진 사회였다. 이 시대에 섬겼던 최고의 신은 당연히 여신이었을 것이다.

인류 초창기 문화에서 가장 중요한 것은 생산력이었다. 특히 농업 생산력은 인류의 생존을 좌우하는 관건이었다.

당시에는 생식 숭배가 성행하여 여성의 생식능력, 땅의 생산능력 등이 숭배되었다. 여성의 생식, 생산능력을 동일시한 땅의 여신 가이아와 자식을 500명이나 낳은 설문대할망은 독립적 창조적 존재로 의심의 여지가 없다.

요즘에 부쩍 제주의 창조주 설문대할망이 조명을 받고 있다.

이제 와서 왜 설문대인가 하는 것은 세계의 신화 속에서도 드문 여신이라는 점. 따뜻하고 자애로운 그리고 통 크게 만물을 품에 안는 리더라면 현대에 새롭게 조명받아도 과부족이 없지 않을까.

설문대할망은 몸집이 거대했다. 잠을 잘 때는 한라산을 베게삼고 누우면 발끝은 제주시 앞바다 관탈섬에 닿았다. 할망은 한쪽 발은 성산읍 오조리의 식산봉에 디디고 다른 한쪽 발은 안충봉에 디뎌 소변을 보았다. 그 소변 줄기가 얼마나 세찼던지 땅이 패이며 강이 되어 흘렀다. 그때 섬 한 귀퉁이가 잘려 나갔는데 그게 우도가 되었다.

이런 설문대할망의 후예인 내가 작을 리가 없다. 나는 최근에 설문대할망의 자손임을 느낄 때가 아주 많다. 자랑은 아니지만 옷 사이즈, 키, 골격, 발 크기가 모두 남성을 능가하기 때문이다.

남들은 나이가 들어가면서 키도 작아지고 체중도 줄고 덩달아 손 발도 작아지는 느낌이라는데 난 아직도 크다.

혼자 양심 없이 나이 들어가면서 당당한 체구에 미안한 맘도 없지는 않다. 그러나 그건 어디까지나 내 탓이 아닌 설문대할망 탓이 아니겠는가.

제주와
신화의
로망을
찾아서

　　신화는 '태초'라는 아득한 옛날에 초자연적 존재에 의해 우주가 만들어지거나 국가의 시원과 관련한 '신'과 한 인물들의 행적에 관한 얘기다.

　　이런 이야기들이 사실이라고 믿어질 뿐만 아니라 신성시 되며 종교적인 의례에서 사제들의 의해 음송된다.

　　역시 신화는 모순과 불일치, 미해명의 부분을 남기면서 현재까지 전해 내려오는 것이라고 본다.

　　최근에 부쩍 제주신화와 전설에 관심이 많아졌다. 뜨고 있다고 해야 할까. 그만큼 주목받고 있다는 얘기다. 제주신화와 그리스신화를 비교하며 닮았다고 한다. 심지어 '그리스신화 보다 더 그윽하다'라는 얘기도 한다.

　　제주신화의 재미에 대해서는 알겠으나 도대체 그리스신화의 무엇과 닮았는지는 알 수가 없었다. 궁금해서 여러 사람들이 쓴 책을 뒤졌지만 무엇이 비슷한지에 대한 대답은 없었다.

답답한 나는 짐을 챙겼다. 무모한 일이라는 걸 알면서도 그리스, 크레타섬으로 여행을 떠났다. 10일 동안의 여행 중에 무엇을 알 수 있으랴만 궁금증을 참지 못하는 병적인 나의 성격은 떠나야만 했다.

성경이나, 설문대할망이나 그리스신화의 첫마디는 '태초에 하늘과 땅이 맞붙어 있어 그 암흑을 열었다'라는 얘기로 시작되는 게 흥미롭다.

탐라국은 BC 2337년에 세워진 것으로 신화에서는 얘기하고 있다.

'설문대할망'의 창조신화는 이렇게 시작한다.

세상은 태초에 하늘과 땅이 온통 맞붙어 답답하기 그지없는 곳이었다. 그곳을 본 순간 할망은 그 세계를 열어야겠다고 그 어떤 신도 가져보지 못한 마음을 가졌다.

설문대 할망은 누구냐? 옥황상제의 막내 딸. 효심이 깊고 호기심이 많고 활달한 성격의 소유자였다. 그녀는 천상세계의 생활이 무료했다. 게다가 거대한 몸집과 힘을 가진 할망이 상제의 시중만 들자니 병이 날 지경이었다.

할망은 하늘과 땅을 두 개로 쪼개어 한 손은 하늘을

받치고 다른 한 손은 땅을 눌렀다. 그래서 하늘 머리는 자방위子方位, 땅의 머리는 축방위丑方位. 그때 하늘과 땅을 나누면서 탐라를 만들었다.

이 얘기를 들은 옥황상제의 진노가 장난이 아니었다. 이미 땅의 세계는 옥황상제의 권역 밖이 되어 버렸던 것이다. 할망은 쫓겨났다.

쫓겨나오면서 할망은 속옷도 제대로 못 입고 치마폭에는 하늘과 땅을 나눌 때 생긴 흙을 담고 인간세상 밖으로 나왔다.

할망은 노인성이 보이는 곳에 흙을 내려놓고 평평하게 손으로 빚어 쏟은 게 제주도가 됐다는 얘기다.

거기다 한라산도 만들었다.

어느 날, 옥황상제가 산책을 하는데 제주도 한라산에서 사슴을 잡던 사냥꾼이 활을 쏘았는데 빗나가서 옥황상제의 엉덩이를 건드렸다. 안 그래도 화가 난 옥황상제는 한라산 봉우리를 손에 잡히는 대로 뽑아 내 던져버렸다.

그 봉우리가 남제주군 안덕면 화순리에 떨어져 산방산이 되고 봉우리를 뽑아버린 자국이 백록담이 되었다.

그러나 할망은 전혀 개의치 않고 매일 산책하고 잠 잘자며 평화롭게 지냈다.

할망이 인간 세상에 내려 온 것은 옥황상제가 내린 벌이지만 설문대할망에게는 미지에 대한 개척으로 활기차

고 보람된 나날이었다. (진성기님의 '제주신화와 전설' 중에)

신화와 전설은 고정된 게 아니라 역사와 시대 속에서 흐르면서 이어져 가는 것이다.

그리스의 신화와 전설은 기원 전 2500년 전경부터 얘기되어져 왔다. 그 얘기가 기록되고 변화되고 쓰여 지고 반복되어 왔지만 그리스 신화는 호메로스Homeros의 사상 최초이자 최고의 서사시 일리아드Iliad와 오딧세이아 odysseia에서 모든 걸 말하고 있다. 일리아드는 10년간 트로이 전쟁과의 마지막 해를 기록하는 것이다.

일리아드에는 신의 얘기, 숱한 영웅의 얘기, 신과의 전쟁, 인간의 시기, 질투, 음모, 배신 그 모든 것이 그려져 있다.

일리아드와 오딧세이아는 트로이와 그리스간의 전쟁을 다룬 서사시로 심지어는 사상 최초의 전쟁문학, 반전문학의 최고봉이라고 일컬어진다고 해도 과언이 아니다.

일리아드는 황금사과에서 비롯된 '세 여인의 불화' '펠리스의 실패' '지상 최고의 미녀 헬레네의 납치와 도주'에서 '트로이 전쟁'까지를 다루고 있지만 우리가 분명히 아는 것은 호메로스라는 인물에 관해 전혀 모른다는 사실 하나뿐이다.

그런데 여기서 생각 해 볼 것은 제주의 신화전설과 그

리스의 크레타 섬이다.

그리스신화의 기원은 크레타 섬이다. 크레타 섬은 그리스 남쪽 에게해의 여러 섬 중 가장 큰 섬이다. 제주도의 3.4배다.

크레타 섬은 기원 전 3000년경부터 사람이 살기 시작했다고 한다. 기원전 2600년경 청동기시대로 들어오면서 기원 전 2000년경에 섬 전체가 미노스라는 왕이 지배하면서 미노스 문명의 시대를 이뤘다.

그렇다면 탐라국의 신화전설과 크레타 섬의 신화전설이 얘기되는 시기도 거의 맞물리지 않나 하는 게 개인적인 생각이다. 그래서 제주신화를 그리스의 크레타 섬 신화와 전설과 감히 견줄 수 있는 게 아닌가 생각한다.

크레타 섬에도 탐라국의 고을나, 양을나, 부을나처럼 아이올리스인, 아오니아인, 아카이아인이라는 세 종주의 시조가 있었다. 그 부분이 대단히 흥미롭지만 이번에는 그것은 접어두기로 했다.

다만 그리스신화와 제주신화를 비교하며 닮았다고 왕왕 얘기를 하니, 흥미롭지 않을 수 없다.

신화와
역사가
만날 때

신화의 수집은 무엇을 의미하는가?

거기에는 대립되는 두 가지 의견이 있다. 하나는 습관처럼 본래의 상태로 놓아두기 위해서이다. 다른 하나는 흩어진 얘기의 부분을 퇴화나 분해의 과정을 거칠지언정 의미 있는 것으로 모으는 것이다.

어느 쪽이 더 의미 있는 것인지는 따질 필요가 없다. 문제는 어디서 신화가 끝이 나고 어디서 역사가 시작되는가 하는 것이다.

기록이 없는 역사의 경우에 쓰인 자료는 없다. 단순히 입으로 전승되었을 뿐으로 그것이 동시에 역사라고 얘기되어지는 것이다.

신화와 역사 사이에 대립이 명료한 건 아니다.

신화는 정적인 것이다. 그래서 같은 내용의 신화요소가 만들어 질 수 있다. 그것은 폐쇄적 체계 속에 있기 때

문에 역사와는 대조적이다. 역사는 원래 개방적 체계가
아닌가.

역사를 보면 민족, 계통, 집단 등에 독자적인 해석을
해낼 수 있다.

역사의 개방적인 성격이 확보되어 있는 건 그런 점이
다. 본디부터 신화적으로 설명 할 나열의 방법 또는 그
런 요소들이 무수히 있기 때문이다.

신화와 전설의 형태를 권리와 유산으로 계승하고 있
는 사람이 있다. 세계 어디에도 있는 일이다. 그 사람이
다른 민족에 속한 누군가로부터 전승을 받았다면 전승
이라는 점에서는 우린 어떤 반응을 해야 할까.

그 점이 대단히 흥미롭다는 생각이 든다.

예를 들어 두 가지의 얘기가 같지 않다면 어느 쪽도
진실인 경우는 없다.

그러나 한 쪽의 얘기가 다른 쪽 보다 뛰어난다든가,
보다 정확하다고 느껴 질 경우 그때는 둘 다 진실이라
고 받아들여질 경우가 있다는 얘기다.

우리들은 신화와 역사 사이에는 어떤 단절이 존재한
다고 생각한다. 그렇지만 이 단절은 역사의 연구에 의해
어찌면 타파할 수 있는 것인지도 모른다.

다만 그것은 역사를 신화로부터 분리된 것으로 보지
말고 신화의 연장으로 연구함으로써 가능해지는 일이다.

병과 죽음 이 외에도 사람들은 가난, 운명 등에 괴로

위한다. 겨우 살아가는 사람들도 이 지구상에는 너무도 많다. 삶 속에는 피해 갈 수 없는 일들이 다반사이다. 살인, 배신, 도둑질, 원망, 사기, 강도.

재미있는 건 그리스신화에는 악의 원형도 일반적으로 인간의 생각 한도 내에서 완벽함으로 갖춰져 있다는 것이다.

일상의 아무리 험한 얘기도 그리스신화에 비하면 세상 일은 그렇게 놀랄 일이 없다는 얘기를 종종 하게 된다.

그 만큼 '악'을 배우려면 그리스신화가 최고의 교제라는 농담 섞인 소리를 듣기도 한다.

인간이 악에 대해 노련한 관찰이 없으면 그리스신화에 그려져 나오는 인간에 대한 이해와 깊음을 알 수 없는 게 아닐까 생각해 본다.

악에 대해 눈을 돌리지 않고 직시함으로써 인간에 대한 깊은 존경을 알게 되는 게 아닐까하고 생각해 본다.

그것은 신학와 역사 속에서 견디며 살아내는 인간의 모습이기 때문이다.

제주신화와 전설 속에는 악한 인간이 의외로 눈에 뜨지 않는 게 개인적으로는 자못 궁금하다.

신화 속에 악과 선이 그 인간의 역사를 들춰 볼 수 있게 되는지 모르겠다.

제2부
내게 들려준 말

희망이 인간을 만든다.
희망은 언제나 열광하는 자의 몫이다.
승리는 유능한 자의 무기가 아니라
가슴 뜨거운 자의 힘이다.

오래된
시간
속에서

오래된 낡은 것이 좋다. 그게 무엇이든 역사의 시련을 거쳐서 살아남았다는 강함이 좋다. 나의 낡은 손목시계만 해도 그렇다. 20년 전에 산 것이라 요즘엔 거의 착용하지 않는다. 그래도 그동안 수없이 많은 여러 모양의 시계를 물리치고 남아있다. 동글납작한 평범한 모양의 것이다. 생각해보니 모양이 아니라 지난 시간에 대한 그리움 때문인 것 같다. 그 시계를 언제나 책상 위에 둔다.

많은 사람들이 노인의 행복은 돈과 건강이라 생각한다. 그럴까? 어떤 사람은 친구라고 한다.

노후에도 눈부신 미래가 있기는 있다. 미래의 희망이라기보다는 지난날의 추억을 그 자리에 놓아 보는 것이다.

자신의 과거를 긍정적으로 볼 때, 그래서 마음도 평

온한 상태라면 성공인가. 그립다는 감정을 가질 수 있
는 것은 반드시 좋은 추억에만 있는 건 아니다. '그럼에
도 불구하고 그립다'는 감정은 노후에 얻는 선물이다.

노후에는 오래된 것이 어울린다. 때로는 골동품이 얼
마나 귀한 것인가를 중얼거리기도 하면서.

인간은 파괴될 수는 있어도 정복되지는 않는다고 했
다.

나이 든 얼굴을 보며 '이게 정말 나인가? 하는 의심이
들 때도 있다.

헤밍웨이도 마찬가지였다.

헤밍웨이도 늙고 나이 드는 것을 극도로 싫어했다.

내 책상 위에 낡은 시계와 함께 놓여있는 책이 있다.
헤밍웨이의 '무기여 잘있거라'이다.

읽고 또 읽었던 책.

무기여 잘 있거라의 명대사는 여고 시절 문학소녀였
던 나를 흔들었다.

"나는 사랑을 믿지 않았다. 그런데 놀랍게도 사랑에
빠졌고 그녀는 내 삶의 가장 소중한 존재가 되었다."

참혹한 전쟁 속에서 사랑이 피어나 죽음으로 끝나는
슬픈 사랑이야기 무기여 잘 있거라는 전쟁문학의 백미
로 손꼽히는 작품이다.

인생이라는 전쟁터에서 사랑만큼 빛나는 전리품은 없
다고 했다.

무기여 잘 있거라는 어니스트 헤밍웨이가 1929년에 집필한 소설이다.

문학소녀 시절 읽고 또 읽고 밑줄 치던 부분은 사랑이었다.

그런데 며칠 전 다시 집어 들고 읽었을 땐 달랐다.

"주어진 시간을 묵묵히 살아내는 것. 그것이 실존의 시작이다."는 부분에 나는 밑줄을 긋고 있었다.

막이
내린 뒤

무대가 없는 배우는 존재하지 않는다. 그렇다면, 익살이다.

우리 모두는 자신의 인생이란 무대에서 배우가 되어 애를 쓴다. 스타, 별이 되고자 하면서.

별이라는 단어를 한자로 쓰면 '星'이다. 글자를 가만히 드려다 보면서 느낀 게 있다.

하루日를 살아간다 生는 뜻이구나. 그걸 합치면 별星이 된다. 물론 나의 해석이다. 천문학적 해석이 아니다.

내 자신의 무대에서 하루하루를 열심히 살아가면 별이 된다는 의미로 나는 생각해 보고 있다는 얘기다.

누구든지 자신의 인생이라는 무대가 얼마나 소중한지를 안다. 또한 무대 위에서 연기하는 모습이 독선적이고 유아독존적인지도 안다. 자기중심적으로 세상이 돌아간다는 천동설형 인간이든, 타인에게 피해가 가지 않게 조금은 사양하는 지동설형 인간이든 결국은 열심히 무대 위에서 연기한다는 것이다. 자신의 인생이란 무대에서 주역을 연기하는 것, 그것이 스타니까.

산다는 건 그런 별이 되는 것이다.

나는 과연 내 무대에서 진정한 주연이었나?

20대에는 온통 인생이 장애물 경쟁이었다.

30대는 뒤돌아보지 말라고, 스스로에게 말했다.

40대가 되어서 내 인생은 몇 막, 몇 장짜리의 무대를 펼칠까, 궁금해졌다.

50에 인생의 공식은 없다. 그러나 답은 있다는 마음으로 굳혔다. 그 후에 점점 벽에 부딪히면서 탈출구를 찾으려고 애도 써봤다. 얻은 결론은 '인생에 지우개는 필요 없다.' 였다.

자신의 인생은 자신만이 걸어갈 수 있는 유일한 길이다. 그 누구도 주연으로 세울 수 없는 무대다.

노년에 접어들면서 장수하는 게 행복인가 하는 걸 생각해 보게 된다.

노인에게는 젊은이들이 모르는 고독감, 외로움이 있다. 그런 걸 견디고 오래 사는 게 행복인가. 그런 확신이 내겐 없다.

노인들이 짐이라고 한다. 그 소릴 들으니 신경이 쓰인다.

젊은이들에게 미움받지 않게 거슬리지 않게 산다는
건 어려운 일이다.

의학은 생리적 육체 밖에 관심이 없다. 노인이 짊어진
심리나 외로움엔 관심있는 척 하지만, 없다.

지난날 저질렀던 실수도 어리석음도 어느 것 하나 쓸
데없는 건 없었다는 게 무대에 섰던 주역의 심정이다.

막이 내리고 무대에서 내려와 분장을 지울 때의 적막
감은 오롯이 감당해야 할 배우의 몫이니까.

각오한다는
일

기대지 않은 것은 믿지 않는 게 아니라 자신
의 각오에 대한 신뢰다.

믿지 않는 일이 싸구려 허무주의가 아니라는 건 그런
것이다. 국가에 기대지 않는 각오. 거기서부터 전혀 새
로운 국가에 대해 확신이 생기는 게 아닌가한다.

돈을 은행에 맡기고 의지하고 믿는 시대가 아니다. 연
금도 꼭 받을 수 있는 게 아니다. 아이들의 교육은 학교
가 해준다는 편한 맘으로 있을 수 있는 상황도 아니다.

자식이 부모를 죽이고, 원하지 않는 무차별 범죄가 어
지럽게 일어나는 시대다. 가족, 가정, 부부, 인맥 모든
것에 대해 기대하는 마음을 버릴 수 있는 각오가 필요
하다.

고령자에게 친절한 사회는 없다고 각오해야 한다. 노
인은 젊은 사람이 좋아하지 않는다는 걸 각오하고 거기

서부터 생존의 길을 찾을 수밖에 없다.

건강, 그런 것은 환상에 지나지 않는다고 포기하자. 전문 의사라고는 하지만 모두 맡길 순 없다. 입원한 환자는 갇혀있는 사람이다라는 각오가 필요하다.

유산을 남기면 반드시 싸움이 일어난다는 각오를 해야 한다. 우정도 돈이 섞이면 비뚤어지게 된다.

무상의 선의는 쉽게 사람에게 전해지지 않는다. 오히려 경계당하는 때도 있다. 숨겨진 선행도 그것에 대한 선한 의도 같은 것은 기대하지 않는 게 좋다. 선의가 악의로 변해 버리는 경우도 세상에는 얼마든지 있다.

한 때 긍정의 사고가 떠들썩하던 시대가 있었다. 그러나 웃는 얼굴로 희망을 갖고 살아간다고 병에 걸리지 않는 건 아니다.

부처는 사후의 세계와 영靈의 세계에 대해 많은 이야기를 하지 않았다. 다만 이 괴로움 많은 현실을 어떻게 살아내야 하는 것인가를 가르친 사람이다.

지금이야말로 각오를 해야 할 때인 것 같다.

포기한다는 건 내던져 버린다는 게 아니라 최선을 다하는 것이다. 정확하게 현실을 직시하는 것. 기대감이나 불안 같은 것에 눈을 돌리지 않고 사실을 정면에서 받아들이는 일이다. 포기함으로 절망의 허망함을 보게 된다.

노신은 말했다. 절망도 희망도 똑같이 인간이 갖는

기대감이라고. 그 두 개로부터 해방되는 눈만이 밝음을 볼 수 있는 눈을 갖게 된다고 했다.

국가는 국민을 위해 존재해 주길 바란다.

그러나 국가에 기대하지 않는다는 각오가 필요하다.

나이 들수록 각오해야 할 것들이 너무 많아지는 요즘 시대가 되었다.

내게
들려준 말

봄은 '처음 한걸음의 계절'이라고 생각한다. 그래서인지 희망이라는 단어가 떠오른다.

희망. 사실 최근에는 내 마음에 없는 거의 잊혀진 단어다. 오랫동안 꺼내지 않아서인지 낯설고 쑥스러운 마음마저 든다.

국어사전에서 희망을 찾아보니 '좋은 결과가 나오거나 이루어지기를 기대하고 바라다'라고 쓰여있다.

희망이 인간을 만든다.

희망은 언제나 열광하는 자의 몫이다. 승리는 유능한 자의 무기가 아니라 가슴 뜨거운 자의 힘이다.

불안하고 주저할지언정 희망을 잃으며 지냈던 기억도 있기는 있다.

생각해보니 이미 완료된 희망도 좋았다. 늦어질지언정 가 보는 희망도 좋았다. 오히려 완성된 희망보다도 좋지 않을까 하는 생각을 하면서.

이루어진 희망은 별로 없었다. 그렇다고 아직 어중치기로 포기하지 말라는 마음을 준다.

찬란하다 한들 젊음을 지켜 낼 장사는 없고 초라하다 한들 늙음을 막아 낼 장사는 없다.

산책길에 많은 꽃들과 만난다. 숨겨져 있는 그들의 비밀을 발견하고 알아내는 일에 늘 가슴이 두근거린다.

많은 봄꽃 중에 희망이라는 꽃말을 달고 온 개나리. 늦어진 희망도, 다가가는 희망도, 희망이라는 단어가 주는 색은 분명 황금빛일 게다. 엄한 추위를 이겨내고 이제는 돌아 갈 수 없을 만큼의 강함으로 피워낸 꽃.

개나리는 부끄러운듯 하면서도 희망의 생명력을 느끼게 한다. 추위를 이겨내고 봄을 기다린 것이 틀리지 않았음을 보여준다.

'꽃 앞에 멈춰서는 순간을 잊는다면 인생, 그 찬란함 또한 없으리라'는 글귀가 생각난다.

희망이라는 단어와 상관없이 지내던 내가 문득 꽃 앞에 멈춰선다.

'어느 날 우리는 태어났고 어느 날 우리는 죽을 거요. 어느 날 같은 날, 같은 순간에 말이요. 그만하면 된 것 아니냔 말이요? 해가 잠깐 비추다간 곧 밤이 오는 거요.'

문득 사무엘 베케트의 '고도를 기다리며'의 한 구절이

기억난다.

나이 들었다고 너무 서둘러 희망을 놓았나. 그렇게 살아버리고 있지는 않나 하는 생각이 든다. 아무것도 찾지 않고 바라지 않으면서.

나이 드는 게 비극적인 이유는 우리의 영혼은 젊기 때문이라고 했다.

작고 앙증맞은 개나리의 노오란 꽃잎이 내게 이렇게 속삭인다.

'내 비장의 무기는 희망이라고.'

공감불능

영화 '양들의 침묵'이 있다. 토마스 해리스의 소설을 영화화한 것인데 그 당시 미국의 범죄 스릴러의 걸작으로 꼽힌다.

FBI 수습요원 클라리스는 버팔로빌이라고 하는 엽기적인 연쇄살인 사건의 조사를 맡게된다. 좀체로 수사의 실마리를 잡지 못한 그녀는 한니발 렉터와의 면담을 요구한다.

한니발은 뛰어난 정신과 의사였지만 자신의 환자를 9명이나 죽이고 그 인육을 먹은 사이코패스였다.

그에게 기대한 것은 그 자신의 광기로 타인의 광기를 드려다 볼 수 있는가 하는 것이었다. 살인마의 심리를 살인마에게 묻고 문제를 풀어가고 싶었다.

조바심과 기대를 갖고 그녀는 수감되어 있는 한니발을 조심스럽게 만난다.

놀랍게도 그는 전혀 죄책감이 없는 냉혈이었다. 뿐만 아니라 끊임없이 폭력적인 언어를 사용하는 것에 경악을 금치 못했다.

그래도 그녀는 모욕적인 순간들을 견디며 어떻게 해서라도 사건의 단서를 얻고 싶어한다. 두 사람 사이에 숨 막히는 심리적 질문이 오고 간다.

사람이 악행을 저지르는 이유는 도덕적 존엄성의 결여 때문만은 아니다.

탐욕은 물론이고 외로움도 우리를 취약한 존재로 만든다.

선을 위해 악의 도움을 받아선 안 된다는 법칙도 없다.

성숙해진 정의는 더 이상 과거에 휘둘리지 않는다라는 것. 이런 내용이었다.

이 영화를 만든 감독은 우리들 자신의 트라우마로부터 탈출하는 것. 그것을 이겨내는 힘을 뒤틀린 채로 표현하는 사람들을 이 영화를 통해 보여주고 싶었다고 했다.

우리들은 살면서 온갖 트라우마를 이기기 위해 자기 방어를 하고 때로는 마치 사회의 희생양인 것처럼 살아가고 있다는 것이다.

명백한 건 사이코패스는 다른 사람의 고통에 무감각하고 양심의 가책을 느끼지 않는다는 것이다. 그러기에 두 사람의 심리적 토론은 의미가 없었다.

부끄러움과 같은 공감 감정은 사회적 감정이다. 사이코패스는 사회적 감정이 불능이다. 부끄러움은 커녕 외로움이나 정의감이 전혀 없다.

요즘 사이코패스적 범죄가 너무도 만연하다. 사회가 너무 어지럽다. 끔찍한 폭력들. 악플, 험담, 상대를 위험에 빠뜨리고 심지어 자살로 몰고 가도 그런 범죄를 저지른 장본인들은 심드렁하다.

외관상으로는 상당히 정상적으로 보이지만 반사회적 행동. 극단적인 자기 중심성, 기만, 죄책감 결여, 잔혹함의 특성을 갖고 있다.

잔혹한 범죄자도 겉으로는 평범하고 밝고 명랑하게 자신을 숨기고 산다고, 놀랍다.

오히려 그들은 타인의 고통을 '양들의 울음소리는 멈추었냐'고 비아냥거리면서.

늙으면
늙으리라

노인은 자동차와 닮았다는 생각을 해본다. 자동차는 매월 무제한으로 생산된다. 운전면허도 수없이 발부되지만, 그 자동차를 놓아둘 장소에는 한계가 있다.

사람들이 입 밖으로 소리 내어 말은 하지 않아도, 노인을 자동차와 같이 놓아둘 장소에 어려움을 겪는 존재라고 하는 것 같다. 주차장이 없는 자동차. 있을 장소가 없는 노인. 어이없게도 이것이 앞으로 나 같은 노인이 맞이할 한국의 현실이다.

의학의 발전으로 노인의 인구도 매년 늘어난다. 그러면서 사회는 심드렁하게 평안하고 즐겁게 노후를 보내시라고 한다.

장수하는 게 행복인가 하는 걸 몇 번이고 생각해 보지만 대답은 역시, 아닌 것 같다.

노인은 건강이 쇠해지는 것뿐만이 아니다. 친구, 선배나 형제, 반려를 잃고 그 추억을 가슴에 안고 사니 슬프다. 노인의 쓸쓸함과 외로움을 사회는 알 리가 없다. 알아주지도 않는다.

나이가 들면서 인간의 성선설과 성악설이 함께 존재한다는 답을 얻었다. 선한 부분이 보이는 것도 악한 부분이 보이는 것도 각자의 성격과 환경과 생각의 차이일 뿐이다.

남들은 이미 알았을 이치를 이제 와서 자연스럽게 알게 되니 나이 드는 게 좋다는 뜻이다.

요즘엔 잊어버리고 읽었던 책을 다시 읽을 때가 있다. TV에서 상영되는 영화도 심각하게 다시 볼 때가 있다. 문제는 시간과 정성을 드려 읽는 책도, 보는 영화도 거의 끝 무렵에야 알게 된다. 전에 봤다는 걸.

그 얘길 했더니 옆에 있던 동생이 치매 징조라고 킬킬거리며 겁을 준다. 기억력이 희미해져서인지 책도 영화도 처음 대하는 신선함이 있어서 나쁘지 않다. 예전처럼 시간이 없다는 말도 나오질 않는다.

천천히 산책하고 저녁노을의 아름다움도 마음껏 감상한다. 골목 어귀에 있는 찻집에 들어가 실컷 시간을 누리며 차를 마신다.

아쉬운 것도 두려울 것도 없다.

'죽으면 죽으리라'는 말처럼 '늙으면 늙으리라'는 자

세로 산다.

　나이를 먹었다고 해서 현명해지는 게 아니다. 조심성이 많아질 뿐이라고 헤밍웨이는 말했다.

　결국, 인간은 얼음 위를 걷는 것 같이 부서지기 쉬운 순간을 살아갈 뿐이다. 노인이라는 나이는 누구에게나 처음이니까.

비가
그리운 계절

무엇인가 마음의 변화가 생겼을 때 여자는 머리를 자르거나 모양을 바꾼다고 한다.

비도 그런 것 같다. 대자연의 무대를 다시 칠하기 위해서 비는 중요한 소도구인지도 모르겠다.

가을비는 겨우 한밤으로 진눈깨비를 섞기도 하고 봄비는 꽃을 피우기도 한다.

계절이 바뀔 때마다 적당히 잘 융합이 되던 예전의 장맛비가 그립다. 풍정과 타협을 거절하는 것처럼 세차게 내리던 비. 이젠 그런 장맛비도 볼 수가 없다.

서머셋 모옴의 '비'라는 소설이 있다. 인간의 양심, 종교심, 삶의 균형을 완전히 부수고 바다로 흘러 흩어지는 비. 표류의 포말처럼 모든 것을 무력하게 만들어 버리는 비가 거기에 그려있다. 그런 강력한 비의 폭력에 닿아 보고 싶다고 느끼며 그 소설을 읽었던 기억이 있다.

수년 전 타이티의 모레아섬으로 간 일이 있다. 천국보다 아름다운 곳이라고 한다.

높고 굴곡이 심한 산의 일각이 금세 검은 구름으로 덮히더니 팔과 발등이 아플 만큼 굵은 비가 내렸다. 아니 뿌려지는 느낌이었다. 계속 맞다 보니 피부의 감각을 잃어버릴 정도였다. 순식간에 일어난 일이었다.

나는 글을 쓰는 입장에 있는 사람이니까 빗소리를 의음으로 적고 싶었다.

모레아섬의 비는 '바다바다 반칙반칙'이라고 하며 하늘에서 물을 붓듯 쏟아지는 것 같았다. 내 귀에는 그렇게 들렸다. 그것은 두렵게 거대한 식물의 잎을 때리는 소리이기도 했다.

태풍이 올 때마다 나는 그 남태평양의 빗소리가 듣고 싶어진다. 정열과 시심을 다 써버린 것 같은 소리. 자포자기하고 난폭함만이 무포화하는 그 비소리가 그립다.

비맞는 즐거움이 없어진 게 유감이다.

장마철이면 서머셋 모옴의 '비'를 연상하며 하염없이 걷던 젊은 시절도 지나갔다.

장맛비는 옛말인가 보다.

마른 장마가 계속되고 나의 마음도 캉캉 말라 간다. 나이 들면서 모든 것에 심드렁해지는 마음. 내가 그토록 두려워했던 삶의 불감증을 앓고 있다.

그래도 그리운 게 너무 많다.

수박 먹고 낮잠 자던 그 시간. 울어대던 매미 소리도 듣고 싶다.

'시원한 바람이 불어온다' '동생하고 싸웠다' '오늘도 순심이와 공기놀이를 하였다'라고 또박또박 노트에 적던 여름방학 숙제가 아프게 그립다.

끊임없이 장대비가 쏟아지던 예전의 제주.

왜 모든 추억이 뼛속 깊이 사무치는지. 그래도 미련이 남아 일기예보에 비 소식을 찾아본다.

나이 들면서 할 수 있는 것 하나는, 기억하며 소중히 꺼내보고 싶은 것을 하나둘 갖는 것인가 보다.

산다는
것

친구와 만나서 세 시간 수다 떨다 헤어졌다.
"잘 가. 또 보자."하고 돌아서 오는데 살짝 눈물이 났
다. 나이 탓일까. 요즘엔 종종 그런 일이 있다.

생명이 있는 것에 또 만난다는 보증은 없다.

누구나 죽는다. 영원히 살았으면 하는 미련은 없다.
만일 오백 년 살기로 계약을 했다고 한다면 그것도 끔
찍한 것 같은 생각이 든다.

오늘의 시간은 오늘의 시간일 뿐이다. 그래서 자신의
시간 속에서 삶을 증명하면 된다. 이것이 죽음을 의식한
위에서의 '생'의 시간이 아닌가 한다.

시간은 빌릴 수 없다는 일을 종종 잊고 산다. 내일이
있으니까, 내일하면 되니까 하는 이유로 자신을 납득시
키면서, 무한정 시간을 낭비하며 살아왔다.

산다는 것은 더렵혀지는 일이라고 한다. 그것을 의식

하며 살아가는 게 삶을 조금이라도 정화하는 일이라고 한다.

러시아 작가 코롤렌코의 마카르라는 작품이 있다. 시베리아 시골에 사는 농부 마카르는 노동을 해도 항상 배고프고 가난했다. 성탄 대축일 전에 다섯 수레의 장작을 담보로 1루블을 챙긴 마카르는 보드카를 사서 마시고 취해버린다.

그 일로 집에서 쫓겨난 그는 울창한 숲에서 길을 잃고 헤매다 얼어 죽고 만다. 신의 나라로 끌려가서 심판을 받게 된다. 생전에 잘한 것과 못한 것에 대한 심판이다. 거짓말쟁이에 게으름뱅이 게다가 주정뱅이라는 타이틀을 얻은 마카르지만 그는 유창한 변론으로 자신의 삶에 대해 변명한다.

재판은 생전의 그의 선악을 판단하지만 인간이면 누구나가 가지고 있는 욕망에서 나온 죄라 본다. 잔인한 노동조건으로 인한 비참한 생활 때문이었다고도 한다. 마카르는 동정표를 얻고 재판은 그를 선인으로 판결을 내린다.

이 책을 읽으면서 '초심으로 돌아가라'라는 말이 생각이 났다.

초심으로 돌아가라는 것은 마지막을 생각한다는 것이리라. 내 자신의 도달점은 어디일까라고 생각해 보게 된다.

죽음은 모든 것에 대한 약속위반이다. 내일 하려고 했던 것도 할 수 없게 되고 타인과의 약속도 본의 아니게 지킬 수 없게 된다. 사람은 누구나 다 죽는다고 하면서도 자신은 죽지 않을 것처럼 생각한다. 마치 그것을 알지 못하는 듯 미친 듯이 산다.

사는 동안에 인간은 죽음을 향해 달려간다고 하는 얘길 많이 듣는다.

그래서 살아있는 동안 의미있는 행동을 해야 하는가.

인간, 살아있는 동안에 그 사람밖에 할 수 없는 것을 후세에 남겨야 한다. 아무것도 남기지 않은 인간은 바보다. 하다못해 빚이라도 남겨야 기억할 것이 아닌가라고 한다.

어렸을 적부터 동네에서 들어왔던 얘기가 공허하게 남는다.

사람들은 말한다. '절대 포기하지 말라. 당신이 되고 싶은 무언가가 있다면 그에 대한 자부심을 가져라. 당신 자신에게 기회를 주어라 스스로가 형편없다고 생각하지 말라. 목표를 높이 세워라. 인생은 그렇게 살아야 한다.'고.

아무리 노력해도 자기 자신의 삶은 자기 이상도 이하도 아니다.

자신과 계약하는 것이 자신의 생이니까.

손에 쥔
카드

한국 국적의 유조선이 페르시아만에서 이란 혁명수비대에 나포됐다는 뉴스를 TV에서 봤다. 걱정이다.

요 몇 년 국제정치의 초점이 된 것은 이란이다. 그러나 한국에서는 이란에 관한 보도가 적다. 있다고 해도 미국이 예민하게 대응한다거나 미국의 반응을 살피는 정도의 보도다.

미국은 이란의 핵개발을 그렇게까지 심각하게 보지 않았다. CIA도 이란이 핵개발을 하고 있는 명백한 증거는 없다는 태도였다.

그런데 2011년에 미국도 유럽도 이란의 핵개발은 최종단계에 왔다고 본다고 했다.

이란이 핵을 가지면 무엇이 두려운가. 핵을 갖고 있는 나라는 많다. 미국, 러시아, 영국, 프랑스, 중국은 물론 인도, 파키스탄. 게다가 이스라엘이 갖고 있는 것은 공공의 비밀이다. 그리고 북한이다. 그러나 이것과 이란의 핵은 전혀 성질이 다르다.

우선 문제가 되는 것은 이란은 정세를 합리적으로 분석하는 게 가능한지 어떤지 하는 것이다.

이란은 하르마게돈 사상을 믿는 사람들이 있기 때문이다.

하르마게돈은 요한계시록에 나오는 세기말 선과 악이 싸울 최후의 전쟁터로 대개의 문화에서 시간의 끝이나 혹은 그와 비슷한 재앙을 나타내는 말이다.

이란의 현 체제는 셋으로 나뉘어있다. 종교 최고 지도자들 그룹. 이 사람들은 석유라든가 파스타치오라든가 페르샤만이라든가 여러 가지 경제 권리를 갖고 있다. 그리고 아주 부패해있다.

그것에 대해 이란의 국교인 시아파 열두이맘파가 있다. 열두이맘파는 이 명칭이 말해주듯 모두 12명의 이맘을 무하마드의 진정한 후계자로 인정하고 있다. 문제는 이 종파가 하르마게돈을 강하게 믿는다는 것이다. 12대 이맘 이후 영적인 차원으로 숨어있는 진정한 이맘이 하르마게돈으로 세계가 종말을 맞을 때 출현한다고 믿고 있다. 이맘은 지도자를 뜻한다.

이란의 국가 존망의 위기가 가까워지면 질수록 드디어 구세주가 등장한다고 주장하고 있다.

그렇게 되면 게임의 룰이 바뀌게 된다. 이란이 먼저 이스라엘을 공격하지 않을 것이라는.

하르마게돈이 발생하면 숨어있는 이맘이 나타나 핵미사일을 지켜줄 것이라고 이란대통령이 생각한다면 그것이 이스라엘의 고민이다. 게다가 대통령은 선거로 뽑았으니 국민의 지지가 압도적일 것이다.

또 하나의 세력은 이슬람 혁명비위대이다. 이것이 정규군보다 훨씬 완벽한 장비를 갖춘 군부대이다.

이 3자가 섞여 권력투쟁을 하고 있는 게 이란의 실태다.

과연 우리 정부의 대응은 어떨지, 어떤 카드로 협상에 돌입할지 눈여겨보게 된다.

예술가의
언저리에서

중국 근대 문학의 개척자로 알려진 루쉰의 수필에서 이런 글을 읽은 기억이 있다.

'이전 나는 정열을 가지고 잘못된 사회를 공격하는 글을 쓴 일이 있다. 별 대수로운 내용은 아니었다. 그래서인지 사회는 내가 그런 글을 써서 공격하고 있다는 데에 대해 아무도 모르고 있었다. 자신이 바보 같다는 생각이 들었다'라는.

그 글을 읽고 혼자서 하하하 하고 소리 내어 웃었다. 마치 내 얘기가 아닌가 하는 생각이 들어서였다.

30년 수필을 써 오고 있지만 어쩌면 아무도 읽어 주지 않는 글을 쓰고 있는게 아닌가, 문득 초라함이 들었다.

별반 자신의 무명을 유감스럽게 생각하지는 않지만 세상은 무명의 사람에겐 냉정하다. 읽어 주지 않아도 한 글자 한 글자 열심히 생각하며 써야만 한다는 건 괴로운 얘기다.

　어떤 남자가 내게 물어왔다.

　"예술을 뭐라고 생각하십니까?"하고.

　"제비꽃이요"

　"왜요?"

　"짝사랑이죠. 그리스신화에 나오는 양치기 소년 '아티스'가 아름다운 소녀 '이아'의 진실한 사랑을 모른 척하자 '이아'가 죽어 제비꽃이 되었다는 얘기 모르세요. 예술은 상대가 몰라줘도 겸손과 진실로 만들어 내야 하는 것이니까요."

　그것은 사랑이 아니라, 패배죠.

　그는 마치 수필가라는 나를 조롱이라도 하고 싶은 투로 다시 물어왔다.

　"그러니까 예술가는 무엇이라고 생각하십니까?"

　"돼지코입니다."

　"뭐요? 그게 무슨 소리에요?"

　"코는 제비꽃의 향기를 알고 있습니다."

　쏘아붙이듯 내던지고 그와 헤어져 버스에 탔다.

　많은 시간을 예술의 언저리에서 서성거렸다.

　예술을 사랑하고 있는 자신을 믿는가 하고 내 자신에 물어본다. 믿을 수밖에 방법이 없다.

　믿는 능력이 없다면 이미 패배자니까. 믿고 패배하는

것에 대해서는 후회는 없다. 오히려 영원의 승리다.

문학의 언저리에서 예술의 언저리에서 서성거리고 있다고 생각하면 그것은 타협하고 싶다는 정열이 아닐까 한다. 그렇지만 사람들에게 웃음거리가 되어도 수치라고 생각하지 않는 것, 사랑이다. 문학에 대한 나의 제비꽃 사랑이다.

불평하지 말자. 조용히 믿고 가자. 세상은 아직도 예술로 치유해야만 할 많은 일 들이 있기 때문에.

쓸쓸함을 견디는 것. 그것이 예술가의 생활이다. 예술가는 자기변명을 하지 않는다. 그것은 패배의 모습이니까.

인생 최후의
수행시간

최근에 사람의 이름이 떠오르지 않는다. 조금 더 정확히 말하면 떠올리려고 노력하지 않는다. 2, 3년 전만 해도 노력을 했는데 요즘엔 그것이 귀찮다. 그런 얘길 했더니 에너지 고갈이라고 주의에서 걱정을 한다. 치매가 올지 모른다고.

사실 잊고 있는 것도 있지만 애초부터 기억하지 않은 것도 있다.

어제 먹은 중국요리 맛있더라 그 식당 이름이 뭐였지? 하고 물으면 그 식당 이름을 잊어버린 게 아니라 처음부터 간판도 안 보고 들어갔기 때문이다. 맛있었다. 그런 것이다. 잊어버린 게 아니고.

가끔 노후설계에 대해서 물어 올 때가 있다.

그런 게 있을 리 없다.

인생 50년 시대에는 여생에 대한 계획이 있었을지 모

르지만 인생 100년의 시대에 여생은 없다. 하루하루 살아가야 한다.

건강에 대해서도 마찬가지다. 현대의학은 인간을 물건으로 생각하는 것 같다. 내가 건강에 대해서 별 애착을 갖지 않게 된 것도 그런 생각이 들어서이다. 물건이니까 간단히 자르고 도려내고 관을 집어넣고.

그것을 의학의 진보라고 한다. 말할 것도 없이 그것에 의해 수명이 연장되는 은혜를 우리는 받고 있다.

그러나 인간은 물건이 아닌 이상 천차만별의 마음을 갖고 있다. 많은 사람은 병을 고치고 싶은 마음에 물건 취급당하는 걸 수용한다. 그중에는 나무람을 당하고 고통스러워도 물건이 될 수 없는 인간도 있다.

현대의학에 있는 것은 인간이 아니라 데이터이다.

그때부터 나는 약을 거부하게 되었다. 나 같은 골치 아픈 감수성을 가진 사람은 현대의학에 기댈 자격이 없다.

최근에는 식성도 변했다. 전에 좋아서 먹던 음식이 맛이 없어졌다. 젊은이들이 즐겨 먹는 케이크도 서슴없이 먹는다. 단 것은 몸에 안 좋다는 조언을 뿌리치고. 주말에 드라이브 나가서 예쁜 찻집에서 먹는 커피와 케이크가 나의 힐링 식품이다.

아무리 신경을 써도 죽을 땐 죽는다.

예전의 노인은 언제까지라도 건강하고 즐겁고 아름

다운 노후를, 그런 것은 생각하지 않았다. 자연스럽게 죽음을 수용하는 심경이었다.

지금은 많은 노인이 노후를 즐겁게 보내고 싶은 바람과 가족에게 폐 끼치지 않고 죽고 싶다는 마음에 조바심을 낸다.

가족주의 속에서 노인이 존경받고 소중히 여기는 시대는 지났다. 희생을 악덕처럼 생각하는 지금. 노인은 눈치를 보며 폐 끼치는 걸 두려워하며 살고 있다.

앞으로 노인이 더 노인의 고독에 견디며 육체의 나약함과 병의 고통에 견뎌야 하고 쉽게 두지 않는 현대의학에도 견뎌야 한다.

가족에게 폐를 끼치게 될 한심함, 미안함을 견뎌야 하고 그 모든 것을 원망할 수 없고 슬프지만 받아드려야 하는 입장이 되었다.

노년은 인생 최후의 수행시간이라는 생각이 든다.

어떻게 잘 시들어 있는 그대로의 운명을 받아들일까.

즐거운 노후 같은 걸 추구할 여유가 나에게는 없다.

신이여, 바라옵건대 야만인으로 살아온 저를 불쌍히 여기시어 잠깐의 시간을 주시옵소서.

절실하게 '아 이것이 인생이었나'를 중얼거릴 시간을.

최고의 하인
최악의 주인

'**위**대한 개츠비'를 쓴 작가 스코트 피츠제럴드가 친구인 헤밍웨이에게 말했다.

"대단한 부자 얘기를 하겠다. 그들은 당신이나 나와 다른 사람들이다"라고.

수년 뒤 그 소설이 출판되자 헤밍웨이가 그를 놀렸다.

"그렇다. 그들은 돈이 많다. 우선 돈이 인생의 거죽만 바꿔 놓는다는 것을 알지만 돈이 문제를 해결하지는 못한다. 실제로 문제를 해결하는 건 눈에 보이지 않는 내면의 힘이다. 바깥의 것으로는 안의 문제를 바로 잡을 수 없다"고 비아냥거렸다.

어떤 모임에서 돈에 대한 얘기가 나왔다. 내가 돈으로 행복을 살 수 없다고 했더니 맹공격이 들어왔다. 고상한 척 하지 말라, 대부분의 행복은 돈으로 살 수 있는 것이라고 했다.

그러면서 나도 알고 있는 얘기를 예로 들어줬다.

병이 들어도 돈이 있으면 나을 수 있는 병이 얼마든지 많다. 심지어 생명도 돈으로 살 수 있다고 했다.

인기도 그렇단다. 돈 있는 남자가 없는 남자에 비해 인기가 있는 것은 말할 것도 없고 연인도 돈으로 살 수 있다고 했다. 그것은 세계 공통이란다.

공산당원은 돈이 있으면 예쁜 여자와 결혼 할 수 있다고 한 것은 그 누구도 아닌 중국의 부호가 한 얘기라고 덧붙였다.

고학력도 돈으로 산다고 했다. 뒷문으로 부정입학 한다는 차원 낮은 얘기 아니라 과외를 제대로 받아야 합격이 가능성이 높다는 것이다.

그러니 '돈으로 행복은 살 수 없다'는 게 어떻게 납득이 가겠느냐는 것이다.

이해가 가는 얘기다.

돈은 행복의 충분조건은 아니지만 필수조건이라는데 무슨 저항이 있겠는가.

어떤 돈 좀 있는 남자가 인터뷰하는 것을 봤다.

그 남자는 생활비가 아니라 오직 용돈으로 수 천 만 원을 쓴다고 했다. 그러다 보니 생활의 라이프스타일이 없어지게 되더라고 했다. 다정다감했던 자신의 성품이 없어진지 오래고 인간관계도 건성으로 하게 되고, 일도 진지하게 안 하게 되어 기쁨도 사라졌다고 했다. 내가 행복은 돈으로 살 수 없다고 느낀 장면이다.

영국의 작가 '서머셋 모옴'은 '충분한 돈이 없으면 인생의 가능성의 반은 포기하게 된다.'고 했다. 오감은 시각, 청각, 후각, 미각, 촉각을 말한다.

오감 외에 직관적으로 무엇인가를 느끼는 감각을 육감이라고 한다.

이것이 있음으로서 다른 오감을 움직이게 할 수 있다는 것이다.

돈은 그런 중심적 역할을 하기 때문에 필요하다고 했다.

이런 얘기가 있다.

마누라와 지갑은 애써 감춰 둬야한다. 종종 내보이면 빼앗길 우려가 있다고.

사람은 사랑도 없이 마누라를 갖는 것처럼 행복도 없이 재산을 갖는다.

그래서 돈은 최고의 하인이며 최악의 주인이라고 했다.

아! 돈.

말하는 자
듣는 자

나이가 많은 왕은 자신의 세 딸에게 통치권과 영토를 나눠주기로 한다. 딸들을 불러 자신을 향한 애정을 묻는다. 첫째와 둘째 딸은 아버지만을 사랑한다고 한다. 그 말에 흡족한 왕은 두 딸에게 영토를 준다. 셋째는 달랐다. 자식 된 도리로 아버지를 사랑하고 존경하지만 언니들처럼은 아니라고 한다.

화가 난 왕은 '네가 말한 그 진실만이 너의 것이다'며 쫓아내 버린다.

결국 아부 잘하는 두 딸에게는 모든 것을 상속해 줬지만, 그들은 아버지를 돌보지 않는다. 늙고 아프고 병들고 두 딸의 배신에 분노한 왕은 미치광이가 되어 간다.

그런 아버지를 돌본 것은 정직한 말을 한 탓에 재산 한 푼 못 받고 쫓겨난 막내딸이다.

왕은 미치광이가 되어 배신한 딸과 모두에게 부르짖는다.

"내가 폭삭 늙었다는 것을 인정해라. 노인은 쓸모가 없구나. 무릎 꿇고 이렇게 부탁하니 입을 옷가지와 먹을 음식과 덮을 이불을 좀 다오"

셰익스피어의 4대 비극 중의 하나인 리어왕의 대사이다.

리어왕의 죄는 왕국을 분리 시켜서 질서를 파괴하고 사악한 두 딸의 달콤한 말에 속아 죄 없는 딸을 쫓아낸 데 있다. 그 죄의 결과로 딸들에게 배신당하고 고통을 받는다.

'리어왕'을 다른 시각으로 해석한 작품이 있다. 구로자와 아키라 감독의 '란'이라는 영화다. 적을 처절하게 제압하여 정상의 자리까지 오른 자. 그 업보로 가문이 멸망하는 인과응보의 과정이 스크린에 펼쳐진다.

노쇠한 성주에게 세 아들이 있었다. 성을 각각 물려주며 서로 힘을 합칠 것을 당부한다. 셋째 아들은 형제의 우의를 믿지 말라고 아버지에게 바른 소리를 하다 쫓겨난다.

끝내는 성주가 된 첫째와 둘째는 자신들의 야망 때문에 늙은 아버지를 쫓아내고 만다. 형제들 싸움으로 아버지도 죽고 가문은 멸족된다.

바른 소리를 한다며 미워했던 셋째 아들과 자식들에게 처절하게 버려진 성주를 보며 광대는 울부짖는다.

"신은 있는가? 보고만 있으면서 하늘에서 즐거운가?"
하고.

하늘을 향해 울부짖는 광대에게 옆에 있던 한 장수가
말한다.

"신을 욕되게 하지마라. 울고 있는 건 신이다. 서로
헐뜯고 죽고 죽이지 않으면 살아갈 수 없는 이 인간의
반복되는 악행을 신도 어찌할 방법이 없는 것이다. 이것
이 인간의 세상이다."라고.

요즘은 너무 어지럽다.

세상은 병원이고, 인간은 환자다.

듣고 싶은 말만 들으려는 지도자는 아첨에 쉽게 넘어
가 모든 걸 잃게 된다. 그러나 서로 상대의 말은 거짓이
요, 내 말은 진실이라고 한다.

없는 것

헤르만 헤세는 85세에 타계했지만 여러 번 자살을 시도했다. 목사의 아들로 태어나 신학교에서 도망나와 퇴학당한 뒤 무엇을 해도 안 됐다.

잠시 맡겨진 아버지의 친구 목사의 집에서는 권총을 산 뒤 어머니에게 편지를 썼다.

'이 편지가 도착할 때 나는 자살을 해있을 것이다'고 하는 무서운 글을 써 보냈다.

나는 그 편지의 원문을 마르바바 국민 문학관에서 보고 숨이 멎는 듯했다.

그때는 살아났지만 헤세는 「황야의 늑대」를 쓸 무렵 자신을 정신분열증 환자라고 했다. 50세 생일을 맞이할 즈음 아마 자신은 살아있지 않을 것이라고 자살을 예고하는 것 같은 편지를 쓰기도 했다.

시간이 지나 그 전후의 일을 자비출판으로 낸 '위기'

라는 시집에 적고 있다.

그 위기도 넘겼다. 그럼에도 불구하고 히틀러가 정권을 빼앗았을 때 몇 명인가의 친구들에게만 보인 시에서 헤세는 심한 얘기를 쏟아냈다. 자기 내면의 소리에 의해 살아갈 수 없다면 생명을 끊고 오히려 죽임을 당하는 것이 낫다고 했다. 격하게 죽음에 대면했던 헤세였다.

그러던 그가 달라졌다. 만년에는 전원생활을 즐기고 절제를 지키고 부지런히 의사를 찾았다. 전과는 너무도 다른 생활을 했다.

중년이 지날 때까지 자신을 자칭 탈선자, 정신분열증 환자라던 그림자는 없어졌다. 대나무의 매듭 매듭을 자르듯 자신을 매듭지으며 생활했다.

삶과 죽음에 전혀 구애받지 않는 것처럼 글을 썼다. 시 〈또한 하나의 여름. 또한 하나의 겨울〉을 죽기 전 밤까지 쓰고, 절필했다.

85세를 넘긴 헤세의 생에 대한 자세는 그런 것이 였을 게다. 시인으로서 충실하게 살고 자신을 지켜내고 마지막 순간까지 시를 쓰고 싶었던 것. 헤세는 좋아하는 모차르트 피아노 협주곡 309번을 들으며 잠들었다. 숨을 거뒀다.

최후까지 시를 쓰고 좋아하는 음악을 들으며 숨을 거두는 것. 그것은 그 옛날 문학소녀였던 내가 지금껏 동경해오는 그림이다.

인간의 육체는 조금씩 늙어가는 게 자연임에도 불구하고, 서글퍼 한다.

늙음이 잔인한 것은 200세를 살아도 죽음을 극복하지는 못한다는 것이다.

괴로운 일도 슬픈 일도 화가 나는 일도 많지만 그럼에도 불구하고 헤세는 "어찌됐든 인생은 좋다"라고 했다.

그의 시처럼 변화하고 없어지는 것 외에는 영원한 건 이 세상에 없으니까.

밤부터
새벽까지

필요한 전자제품을 사지만 사용설명서를 읽지 않는다. 어려워서이다. 그 어려움을 극복하고자 하는 의지가 없다. 그게 문제다.

그런 자신을 알고 있어서 나이 들면 어쩔 수 없다고 스스로 위안을 하지만 사실 젊었을 때도 그랬다.

난 왜 끝까지 사용설명서를 읽지 못하는지 그것이 알고 싶다. 어떻게 되겠지 하며 설명서를 처음부터 보관함에 넣어 둔다. 버리지 않는 것만도 어딘가. 당연히 제품이 고장 날 때까지 설명서를 꺼내 보는 일은 없다.

지난밤. 오랜만에 오디오로 음악을 듣고 싶은 마음이 생겼다.

켰는데 작동이 안 된다. 왜지? 하고 이것저것 조작을 해보는데, 먹통이다. 오래된 것도 아닌데.

두 시간이 흘렀다. 이렇게 되면 이상한 성격이 발동한

다. 음악을 듣기 위해서라기 보다 어느덧 자존심 대결이다.

사용방법을 모르는데 이길 재간이 있나. 애쓰다 보관함에서 결국 설명서를 꺼내 들고 쭉 읽어보는데, 모르겠다.

이번엔 바닥에 신문지를 깔고 펜치를 손에 잡고 다시두 시간. 사투다.

차라리 전부 해체해서 복구할 요량으로 뜯어내기 시작한다. 아무것도 모르면서 대담하고 전투적이다.

마르그리트 뒤라스의 희곡 '파멸, 그녀가 말했다.'를대뇌이며 해체하지 않으면 재생할 수 없는 것도 있다고. 객기를 부린지 몇 시간이 지났는지 새벽이 오는 느낌이들었다.

더 이상은 안 될 것 같아서 자존심을 접고 그제서야설명서를 자세히 보려고 하니 안경이 없다.

안경은 어디 있지? 책상 위, 식탁 위, TV옆. 없다. 더욱 절실해진다.

심지어 옷장 안 서랍까지 뒤져 본다. 찾아 헤매고 뒤지다 발견한 곳은 베란다 선반 위 화초 옆이다. 그 녀석이 거기 있었다.

안경 역시 단 번에 찾은 적이 없다.

힘들게 찾아 쓰고 세면실에 섰다.

거울에 비친 내 모습에 소스라치지 않을 수 없었다.

주름, 얼룩, 기미, 흰머리. 수십 년을 살아온 내 모습이 거기에 있었다. 순간 놀라기도 했지만 묘하게 납득이 갔다.

'후기 고령자'를 '장수'로 바꾼다 해도 장수를 축복할 마음이 내겐 없다.

늙음이란 이미 무엇이든 알고 나서 '나는 이것으로 좋다.'는 정신이 아닐까.

밤부터 새벽까지 사투를 벌인 뒤의 결론이다.

서툴다고 아프다고 너무 서두를 필요가 없다. 하루하루 감사하게 받아들이며 사는 것. 그때까지 가는 것이다.

언제, 다시 깊은 밤까지 이렇게 오기 부리는 기회가 올 수 있을지.

감사함이
남을 때

등산이라는 말을 들으면 언제나 불안전한 단어라는 생각이 든다. 올라간 채 끝나는게 아니기 때문이다. 등산에 성공했다면 안전하게 내려왔을 때 비로소 등산이 성공한 것이 된다.

등산한 사람은 반드시 하산을 해야 한다.

등정하는 것만이 등산의 목표는 아니다. 안전하고 우아하게 산을 내려오는게 중요한 건 말할 것도 없다.

무거운 짐을 지고 정상을 향해 묵묵히 걷는 동안은 산 밑의 경치를 볼 여유가 없다. 필사로 오른다. 거기에는 정상에 오른다는 기쁨이 있다. 그러나 내려올 때는 무엇인가를 달성했다는 만족감과 마음의 여유가 있을 게다.

여유롭게 밑을 내려다보면 멀리 바다가 보이고 마을이 보이기도 한다. '아 저게 저기 있었구나.' 하고 알게 된다. 발밑에 고산식물이 예쁜 꽃을 피우는 것을 보게 되고 '아 이렇게 예쁜 꽃이 여기 피어있네'하고 감탄도 하게 된다.

산을 오르는 것도 중요하지만 내려오는 게 더 중요하다.

인생 백 년이라고 하는 지금 시대에서 말한다면 50세 정도까지 열심히 산을 올랐다면 10년 정도 정상에 멈춰 있었다고 해도 60세부터는 하산 준비를 해야 하는 게 아닐까 생각해 본다.

산을 오를 때의 노력도 필요하지만 내려올 때의 즐거움도 있을 것이다.

오를 때보다 내려올 때가 더 위험하다고 하는 사람도 있다.

그것은 사람에게서 뿐만 아니라 국가나 사회에 있어서도 마찬가지다.

21세기 문명의 특징은 역시 교만이라는 게 아니었을까. 르네상스 이후 휴머니즘에는 어딘가 인간이 자연보다 위에 있는 발상이 있었다. 그래서 공경하는 감각이 결여된 것도 사실이다.

하산의 시간은 외롭고 쓸쓸한 게 아니다. 풍양하고 평온하다. 여태껏 갖고 있던 지식과 정보도 거만함에 지나지 않았다는 것을 알게 된다.

오를 때도 내려갈 때도 모두 인생이다.

하루를 살아내는 것만으로도 대단한 일이다. 그 사람이 가난하건 무명이건 상관없다. 특별한 사람만 사는 보람이 있는 게 아니니까.

태어나서, 살아내고, 늙고, 죽어가는 것. 그 모든 걸 거친다는 건 굉장한 가치가 있다는 생각이 든다.

특별히 산에 오른 적이 없으니 내려와야 할 일도 없나 하고 응수해 본다. 그래도 "하루, 아무튼 이렇게 끝났다. 오늘 하루도 살아 낼 수 있어서 감사하다"하는 게 나의 요즘이다.

산을 오를 때도 내려올 때도 거만함을 빼면 감사함이 남을 뿐이다.

교만의
이름으로

21세기의 문명은 '교만'을 낳았다. 인간은 무엇이든 할 수 있고 자연보다 위에 있다는 우쭐거림도 있었다. 그러나 어디 그렇던가. 태풍 지진 홍수 같은 자연재해 앞에서 쉽게 무릎을 꿇었다.

교만으로는 해결될 수 없음을 뼈저리게 알게 되었다. 인간관계에서도, 자신의 직업에 서도 마찬가지다.

잘난 체하며 겸손함이 없이 행동하면 교만은 반드시 재앙으로 돌아온다. 국가도 권력도 명예도 돈도 마찬가지다.

국가의 지도자가 가장 두려워하고 멀리해야 하는 게 교만이다.

지도자는 첫째 실력 두 번째 인격 세 번째 헌신이라는 말을 들은 적이 있다.

지도자는 '그럼에도 불구하고 그들을 사랑하라. 그

럼에도 불구하고 착한 일을 하라.

그럼에도 불구하고 그들을 도와주라. 정직하고 성실하라. 당신이 가진 가장 값진 것을 주어라.'

언제가 읽었던 지도자에 대한 글귀를 기억한다.

우울하다. 고령자에 대한 따뜻한 사회는 없다는 생각에서이다.

나는 이 나라를 사랑하고 그 문학를 사랑한다. 그러나 국가가 최후까지 지켜줄 것 같지 않다는 두려움이 있다.

국가가 국민을 위해 존재하고 있는가 하는 의문이 고개를 든다.

웃는 얼굴로 희망을 품고 산다고 병에 걸리지 않는 건 아니다. 건강하게 살다 죽는 것도 환상에 지나지 않는다.

자식이 부모를 죽이고, 폭행과 납치, 협박, 테러 아수라장이다. 게다가 전쟁까지 일으키는 지도자가 있다. 그 원인이 무엇이든 자신이 가지고 있는 권력을 휘두르는 교만함이다. 결국 전쟁의 결과는 민간인의 희생이다.

다른 사람을 업신여기고 우월의식에 빠진 지도자들. 그 밑에 사는 자들의 슬픔은 그들 것만이 아니다.

국가를 의지하지 말아야겠다는 각오가 필요한 것 같다.

의지하지 않는다는 건 믿지 않는 게 아니다. 자기 자

신의 각오가 있을 때의 신뢰다.

국가의 품격은 지도자가 얼마나 국민을 사랑하는가 하는 데서 시작된다. 그것은 곧 지도자의 품격이다.

핵심은 지도자이다. 모든 일이 지도자의 수준을 넘어설 수 없다.

말과 행동이 일치하고 품위 있는 언어를 사용하는 지도자. 온화한 성품의 지도자. 그런 품격있는 지도자에게 교만이란 있을 수 없다.

'우는 자들과 함께 우는' 그런 지도자를 나는 원한다.

예술이라는
이름으로

예술이라는 말이 있다. 어딘지 모르게 훌륭하고 예능이라는 말보다는 품위가 있어 보인다. 단어의 분위기가 있다.

예술은 원래 예능의 일부가 독립한 것이기 때문에 예술가가 예능을 우습게 보는 건 부모를 우습게 여기는 것 같은 느낌이라고 평론가가 한 마디 한다.

예능의 기원은 신에게 또는 부처에게 올리는 종교적인 행위에 있었다. 노래도 꽃꽂이도 스포츠와 문예도 그렇다.

오락적인 색체를 띤 예능이든 미를 창조하는 예술이든 두 개의 흐름으로 나눠 진 것 같다.

하나는 꾸짖는 타입의 예술, 또 하나는 위로하는 걸 목적으로 하는 예술이다.

여기에 위로하는 타입의 예술은 권위 권력과는 무관

하게 시장경제와 연결해서 넓게 세상에 유포되어갔다.

지금 제주는 틀림없이 예술 활동이 활발한 것처럼 보인다. 그런 도시로 변했다.

제주가 여러모로 대단한 입지를 굳히고 활발하게 예술가를 지원하고 있다는 것 때문이기도 하다.

그러나 그것만이라고 해서 제주가 서울처럼 아니 파리처럼 예술적 도시라고는 생각지 않는다. 어쩌면 가장 비예술적이고 추악한 도시로 생각되어질 우려도 있다.

그것은 외부의 추악한 부분을 모방하는 것에 지나지 않기 때문이다.

우선 세워지는 빌딩도, 만들어지는 거리도 의문이 생길 정도다. 건축가와 설계가들은 거리 전체의 조화를 고려해서하고 있는가 하는 점이다.

그들은 어쩌면 자신이 세우는 건물에만 열중해서 옆 건물이나 그 거리에 조화되는 모양이나 색은 잊고 있는 게 아닐까 하는 정도이다. 외국에서 배우고 기억한 것을 제주에서 실험하고 있는 것에 불과하지 않나 하는 느낌마저 들게 한다.

예를 들어 그 건물 자체는 화려해도 거리와 전혀 어울리지 않는 색체와 모양을 볼 때마다 느끼는 점이다.

제주는 근대화하면 할수록 더 추해지는 느낌이다. 새로운 길이 나고 연일 새로운 무엇을 만들어 내지만 와 닿지 않는다.

그 거리를 걸으면 마음이 편하고 진짜 제주를 느낄 수 있는 곳이 없다. 산책의 즐거운 거리가 없다.

하기야 올레길만 있으면 최고라는 사람도 있지만 과연 그럴까하는 생각이 든다.

곳곳에서 연일 음악공연, 연극, 전시회 등이 활발하다. 그래도 아쉬움이 남는다.

하나의 예술작품은 시대와 환경 다른 세대의 영향을 받아서 태어나는 것임에는 틀림없다. 어떤 예술가도 인생체험보다도 다른 사람의 작품에서 깊은 영향을 받는 경우가 많기 때문이다. 처음에 모방이 있고 그 모방의 단계를 거쳐서 비로소 자기 나름대로의 것을 찾아냄을 부인할 수 없다. 그게 크든 작든 인내하고 성숙하는 시간이다.

요즘엔 이 견딤, 인내, 성숙의 오랜 기간이 오기도 전에 토해버리고 있다는 느낌이 든다. 소화가 안 된 게 개성적이라고 칭찬을 받기도 하는 것이 문학만이 아니다.

경악과 예술적 충격은 다르다.

가을은 예술의 계절이라고 한다. 예술은 가을의 것만이 아니다.

문학의 달이라고 사람들은 말한다. 문학의 달이니, 날이기를 따로 정하지 않아도 문학을 인간이 바라는 것만으로도 충분하다. 새삼스럽게 그런 말을 하는 게 문화의 빈곤을 나타내는 게 아닐까.

끈기, 인내 그리고 성숙이라는 예술에 필요한 량이 어쩌면 지금 모자라다. 예술가가 모방이라는 습작의 기간을 지나서 자기 자신의 이로 씹어 깨뜨릴 수 있을 때 어떤 영역의 작품이든 예술로 놓아져 두근거림을 줄 것이기에.

그해
섣달그믐

오래 전 외국에서 정월명절을 맞은 적이 있다. 남미 페루의 수도 리마에서였다.

섣달그믐의 그 거리는 장관이었다. 정오가 지나자 사무실의 창으로 일 년 동안의 필요 없게 된 서류를 일제히 밖으로 던지는 것이다. 고층빌딩의 창이란 창에서 하얀 종이가 마치 눈처럼 떨어진다.

예전엔 필요 없게 된 책상과 의자 같은 것도 모두 내던졌는데 다치는 사람이 있어 금지되어 지금은 서류만으로 정했다고 한다.

페루는 우리나라의 반대편으로 섣달그믐이라 해도 우리나라의 5월의 기후다.

거리에는 선명한 색깔의 반소매 셔츠의 남녀가 즐겁게 떠들며 걸어간다.

고층빌딩에선 창밖으로 몸을 반쯤 내밀어 서류를 던

진다. 찢어서 던지는 사람도 있고 잘게 가루를 내서 창 밖으로 버리는 사람들도 있다. 길거리를 걷는 사람은 마치 눈을 맞으며 걷는 느낌이다.

길 위에는 펄펄 종이 눈이 내려 쌓이고 출동한 시의 청소차가 뒤따라가며 뒤처리를 한다. 이것이 이 나라의 연말 대청소인가 보다.

땀이 날 정도의 따뜻함 탓일까 외롭고 절절한 느낌은 없고 힘든 한해를 보냈다는 절박한 감정도 없었다.

밤 12시가 가까워지니 산마르크 광장의 스피커에서 '철새는 날아가고'라는 노래가 들려왔다.

나는 광장 바로 앞에 있는 보리발호텔이라는 고풍스런 호텔에 묵으며 새해 맞을 준비를 했다. 창문을 활짝 열고 슬픈 멜로디를 들었다. 이것이 나의 제야의 종이였다.

이국에서 신년을 보내는 쓸쓸함이 잠시 스쳤다. 지구 반대편에서 밤새 TV를 보며 명절 음식을 먹을 텐데.

밖으로 나오니 후욱하고 뜨뜻한 밤의 공기 속에 스페인 풍의 하얀 석조 건물이 눈에 띄었다. 울퉁불퉁한 길 위에는 낮에 찢어 던진 종이들이 눈처럼 쌓여 있었다.

창에서 내리는 종이 눈. 후덥지근한 밤공기. 선인장 요리.

철새는 날아가고의 슬픈 멜로디. 이곳에는 이곳의 요리로, 이곳의 방식으로 맞이하는 새해가 있었다. 문득 고향의 새해맞이가 몸부림치게 그리워졌다.

제3부

삶은 영화처럼

이별이 없는 만남은 없다.
아픔이 없는 사랑도 없다.
그래서 헤어질 때 꼴불견이 되고
엉망이 된다. 그래도 추스르고 살아간다.
그게 인간의 약함이요
멋짐이다.

토마토를
사면서

무르익은 여름, 햇살 좋은 오후.

토마토 밭에서 손자와 재미있게 놀던 마피아의 두목 마이클 비토가 숨이 차서 쓰러진다. 순식간에 난장판이 된 토마토 밭은 검붉은 색으로 변해가고 한낮의 태양처럼 창백한 바람은 손자의 울음을 삼킨다. 토마토 나무가 풀잎처럼 눕고 정적의 침묵이 휩싸인다.

내가 기억하는 영화 '대부'의 인상 깊은 마지막 장면이다.

갱스터 영화의 주인공이 어디서 죽은들 영화니까 신경 쓸 일이 없었다. 그러나 마리아 푸조의 원작 소설을 프랜시스 포드 코폴라 감독이 만든 혁신적인 영화 '대부'는 달랐다. 주제곡 '부드럽게 속삭이며 날 사랑해 주세요.'를 포함해서 영화 대부는 나의 청춘시절의 전부였다.

지난해 베란다에 미니토마토를 심었다. 기대하지 않았지만 빼곡하게 열렸다. 몇 개씩 따먹는 재미가 쏠쏠하다. 책을 읽다가도 한 알 따서 먹고 와인을 마실 때도 안주로 한 알을 딴다.

태양을 듬뿍 받지 못해서인지 산미가 강한 게 조금 아쉽다. 달지 않은 대신 정겨운 냄새가 난다. 토마토 특유의 그 냄새에 가슴이 뛴다, 나는.

어렸을 적 토마토는 시골에서 농사짓는 이모네에서 얻어왔다. 모양이 비뚤어진 것도 있었지만 상큼한 맛은 똑같이 있었다. 한 입 베어 물면 토마토 씨가 터져 나오고 즙이 흘러 얼굴이 엉망이 되었지만 그래도 좋았다. 토마토의 표면이 두껍고 딱딱했지만 그때 먹었던 토마토의 맛을 잊을 수가 없다.

토마토는 아무리 빨갛게 숙성이 되어도 야채라고 생각했는데, 과일로 정의된다고 한다.

가끔 토마토를 살 때마다 생각해 본다.

왜 하필 마피아 보스의 마지막 죽음이 토마토 밭이었을까.

대부는 이탈리아에서 미국으로 건너 온 마피아의 이야기이다. 제2차 세계대전 때 무솔리니가 이탈리아 정권을 잡으면서 지하세계에서 영향력을 차지하던 마피아들을 압박하기 시작했다. 그런 속에서도 가족을 지키기 위한 모습이 멋있어 보였다. 가족을 지키기 위해서 저지르는 범법행위가 정당화 될 수는 없다.

그러나 말한다.

"가족 안 챙기는 남자는 진정한 사내가 될 수 없어"
라고

남자가 할 수 있는 말 중에서 이 보다 더 멋있는 말이
있을까.

일인 가구가 늘고 가족이라는 단어가 무색해져만 간
다. 자식들이 부모님을 뵙는 횟수도 줄어든다.

예전에는 토마토 밭에서의 죽음이 강하게 남았는데,
이제는 그 영화에서 가족의 모습이 기억되는 건, 나이 탓
일까.

뒤라스의
연인을
찾아서

"18세에 나는 이미 늙었다."

마리그리트 뒤라스의 '연인' 중에 가장 인상적인 한 구절이다. 이 구절이 뒤라스 문학 그 자체이기도 하다. 그런가하면 프랑스령 인도지나의 냄새이기도 하다. 그 냄새는 잘 익은 과일처럼 농숙하고 불건강하고 달콤한 매력으로 나의 발목을 잡았다.

뒤라스의 소녀시대의 이야기라고 해도 좋을 이 작품의 주인공은 15세. 메콩강 연락선 위에서 중국인 청년과 만난다.

뿌연 안개 속에 흙탕물이 넘쳐나는 메콩강. 물은 썩은 냄새를 가라앉히고 결코 바닥을 볼 수 없듯, 그들 두 남녀의 만남에 어울린다.

프랑스 식민지 지배의 종언기. 중국청년도 베트남에 있어서는 지배자였다. 청년의 아버지는 경제적으로 베트남을 좌지우지했지만 그들은 알고 있었다. 그 지배가 오래가지 않는 다는 걸. 부호의 아들이면서도 마음은 비어있고 미래에 대한 꿈도 없었다.

그들은 사이공의 번화가 쇼론지구의 낡고 습한 숨겨진 집에서 밀애를 한다. 퇴폐적이고 열광적인 생명을 깎아 내리는 듯한 성애에 빠진다.

영화에서 밀애의 장소로 사용했던 그 집을 가봤다. 쇼론지구의 그 집은 시장을 끼고 있었다. 야채와 과일, 고기, 생선 그 외 온갖 일용품을 파는 시장은 생활의 냄새가 넘쳐났다. 사람의 목소리, 그 열기를 느끼며 걸으면 낡은 집들이 나란히 있다. 그 골목 길 안에 밀애의 장소였던 건물이 있다.

건물은 문이 열려있었지만 안은 어두웠다. 어둠과 함께 냉기가 돌았다. 작은 창이 하나 있었다. 초록색 페인트가 벗겨질 대로 벗겨져 있는 작고 지저분한 방이었다. 대낮에도 어두운 방. 어둠 속에서 한줄기의 외광을 봤을 때, 나는 이것이로구나 하는 느낌이 들었다.

한줄기의 빛이 그 방으로 들어오는 한, 소녀는 중국인 청년에게 안겨 퇴폐적이고 열광에 빠질 수밖에 없다는 걸.

밤의 어둠은 분명 진하다. 어디에 있어도 어둠의 색은 같지만 그 방에 가득찬 어둠은 진한 게 아니라 격했다. 낮 동안의 강한 광선 속에서 필사적으로 만들어 낸 어둠이기 때문에, 아프다. 그 어둠 속에는 쾌락과 함께 죽음이 보인다. 무너져가는 자의 한숨도 들린다.

촬영에 사용되었을 뿐인 장소지만 명작의 본질을 멈추게 하고 있었다. 그곳에서 나는 15세 소녀가 되어 서 있었으니까.

고통과 같은 양의 쾌락, 슬픔에 젖으면서도 지복의 순간. 이 소설의 15세 소녀만큼도 그런 것들을 모른 체 우리들은 이미 늙어가고 있는 것이라고 느꼈다.

내가 이 메콩강에 흥미를 갖는 이유는 물론 두 사람의 사랑의 행방을 쫓아보려는 심사는 아니었다. 소설 '연인'은 인생이 끝나려고 하는 부분에서부터 쓰기 시작하고 있기 때문이다.

어느 날 이미 젊지 않은 나에게 한 남자가 찾아왔다. 자기소개를 하고 나서 그 남자는 이렇게 말했다.

"이 전부터 알고 있었습니다. 젊었을 땐 아주 예뻤다고. 모두 그렇게 말하지만 저는 젊었을 때보다 지금의 당신이 훨씬 아름답습니다. 전 그 말씀을 드리고 싶었습니다."

나는 마리그리트 뒤라스가 15세에 경험한 죽을 정도의 욕정과 쾌락도 그렇지만 몇 십 년 후에 그때의 젊음보다 자신의 얼굴이 아름답다 말 할 수 있는 그녀가 부럽다.

투철한 작가정신으로 그 혼이 메콩강에 흐르는 것 같

왔다.

나는 어정쩡하게 늙었다. 젊었을 때 보다 지금이 훨씬 예쁘다고 말해주는 사람도 없다. 물론 원고지에 그렇게 쓸 자신도 없다.

그러나 만년의 뒤라스의 커다란 슬픔을 품은 아름다운 얼굴을 부러워하고 있다.

차분하면서도 격렬한 뒤라스의 문체는 내가 제일 조바심 내는 부러움이다.

노인을
위한
나라는
없다

　　풀리처상 수상작가 코맥 매카시의 소설을 영화한 '노인을 위한 나라는 없다'라는 작품이 있다.

　인생에서 만나게 되는 얄궂은 일들이 왜 내게 생기는가. 왜 하필 나인가? 따지고 싶고 피해가고 싶지만 어쩌랴. 그렇게 인생은 흘러가는 것이다. 결국 세상을 바꾸지 못한 노인의 자괴감 어린 시선으로 무분별하게 폭력으로 잠식해버린 현실세계를 비관하는 내용이다.

　영화의 인상적인 장면이 있다. 동전 던지기를 하는 남자 둘의 대사다.

　"뭘 걸었어?"

　"아무것도…."

　"아냐. 걸었어. 당신의 평생을 걸었어. 당신만 모를 뿐이야."라고. 남자의 흐린 눈빛이 흔들거리고 붉어진다.

가족이라는 연대가 강했을 때는 노인이 있을 자리가 분명했다. 설령 은퇴 후 경제적인 능력이 없어도 좋았다. 노인은 집안의 어른이고 존경의 대상이었다. 단순히 인생의 연륜을 쌓았기 때문만이 아니라 '옹翁'의 의미로 있을 수 있었다.

'옹'은 높임의 뜻이고 멋스러움을 나타내는 말이다. 다음 세계에 근접한 사람의 뜻이나 생각을 느낀다. 신의 세계에 젊은이와 장년보다 한 발 더 가까워져 있는 사람이란 의미로 해석이 된다. 이미 체력은 소진되었다 하더라도 영혼의 힘만은 뛰어난 사람을 말하는 느낌이 강하다. 예로 노인이 신화와 연극에 현자로 나타나는 것도 그 때문이라는 생각이 든다.

결혼해서 자신들이 만들어낸 가정과 양친 형제자매를 포함한 가족을 구분하면서 가정시대는 가족시대와 달리 노인을 기능이 약해진 사람으로 취급해 버린다. 나이 드신 덕망 있는 분이 아닌 돌봐야 할 불쌍한 자들이라는 이미지로.

점점 가족을 방치하고 가정을 사회의 구성분자로 중시하면서 발생하는 문제도 크다. 노인도 자동차처럼 '둘 곳'에 곤란을 겪어야 하는 시대가 됐다고 문화평론가는 얘기한다.

지난 경로의 날 표어 현상모집에 이런 글이 있었다. '아직 뒤지지 않는다. 20대에게.' 잠시 생각하게 만드는 글귀였다.

노인은 자신의 늙음을 늙음으로 받아들이지 않는다. 그런데도 사회는 자꾸 노인이라고 밀어낸다.

나이든 공덕도 얼마든지 있다. 대부분의 일을 용서하게 되는 것. 긴 과거 속에서 잘못과 어리석음을 행해왔기에 타인이 같은 실수를 하면 이해 할 수 있다. 비판과 비난이 아니라 용서가 되고 감싸게 된다. 설령 가르치기 위해서 화난 얼굴을 하지만 본심은 아니다.

살아가는데 있어 진정 가치가 있는 것과 허무한 것의 구별을 할 수 있다. 젊었을 때나 중년이었을 때만 해도 눈앞의 것만을 쫓아 출세나 권력에 마음 뺏겼지만 아니라는 걸 안다. 인생의 덧없음을 느끼면 표면적인 화려함보다 진짜 소중한 게 무엇인가를 알게 된다. 노인이 된다는 건 얼마나 멋있는 일인가.

노인복지라고 하면서 노인의 인생 후반의 삶의 질을 높여주려 하지 않는다. 약간의 돈으로 혜택을 주는 것처럼 하면서 이미 인격체도 없는 노인으로 전락시켜 취급하지 말았으면 한다. 지금이야말로 노인문제를 생각해야 하는 출발선이다.

풍경은
두 번
돌아오지
않는다

　　예전에 반했던 사람과는 만나는 게 아니라고
한다. 나이 들어서는 더욱 그렇다는 것이다. 아름다웠
던 옛 모습을 그대로 가슴에 간직하는 게 낫다고 한다.
일부러 만나서 늙은 모습을 보고 실망하고 후회하고 환
멸을 느낄 필요가 없다는 얘기다. 이미 그 옛 모습은 아
닐 테니까.

　그러나 나는 꼭 그렇게 만은 생각하지 않는다. 상대
가 늙었다면 이쪽도 마찬가지다. 늙는다는 건 인생의
쓸쓸함조차도 음미할 수 있는 풍요로움이다.

　늙어서 쇠약해진 옛사람과 만날 때 집적된 세월을 느
낄 수 있을 것이다. 실망보다는 반가움이 생길지도 모
른다.

　이건 어디까지나 옛사람일 때이다. 옛 풍경을 그리워
할 때는 다르다. 두근거림도 실망도 없다. 이미 변해버

린 풍경에선 오직 상처만이 남는다.

변화와 도약. 세계화란 미명하에 무참히 파괴되어 버린 풍경은 추억마저도 빼앗아가 버린다. 옛 애인을 찾듯 수소문을 해보지만 이제 어디에도 없다. 옛 풍경은.

제주는 많이 변했다. 변하고 있다. 풍경도 자손에게 남겨줄 재산이다. 문득 우리가 즐기고 있는 이 아름다운 경관을 끝끝내 자손에게 물려줄 수 있을까 하는 불안감이 생긴다. 우리는 풍경을 좋게 한다면서 망치고 있는 건 아닌지. 이 풍경을 진심으로 자손에게 남겨 줄 각오는 되어 있는지.

'문화유산' '역사적 유산'이란 말을 자주 듣는다. 그것은 무엇 때문에 어떻게 생겨난 것일까. 결론부터 얘기하면 격차에 의해 만들어진 죄 많은 소산물일 뿐이다. 권력의 격차. 부의 격차. 이 두 개의 차이 속에서 역사에 남는 유산은 만들어진다.

'피라미드'나 '타지마할' '그리스 신전' '로마제국의 유적' 그 외 모든 인류의 유산은 사회적 경제적인 차이를 배경으로 완성되었다. 그렇다고 해서 시비를 걸 이유는 없다.

다만 귀중한 것같이 생각되는 유산이, 부의 편재와 권력의 집중에서 밖에 태어날 수 없었다는 것. 그 비아냥을 직시하자는 것뿐이다.

고대의 왕, 권력자, 지배자는 스스로를 신과 같이 떠

받들어지길 원했다. 국가는 국위를 선양하기 위해 거대한 건축물을 필요로 했다. 대단할 걸 만들어 세상에 내놓고자 했다. 문화적 의도에서 생겨난 것은 아니다. 물론 요즘 얘기되는 관광용의 건설도 아니었다. 지배의 상징으로서 그 권력을 다른 나라와 민중에게 알리기 위해서였다.

그것이 완성되기 위해선 천문학적인 예산이 필요했다. 가난한 민중의 피 묻은 돈과 혹독한 노동력의 제공을 요구 당했다. 피라미드를 만들 때도 마찬가지였다. 각처에서 징발된 사람들이 피를 토하며 사역되었다. 목숨을 잃었다.

얼마나 많은 비극이 얼마나 많은 이별과 죽음이 지금 '문화유산'이라고 불리는 건축물의 그늘에 있었을까.

화려한 시대의 문화와 당시 박해 받던 시대에 세워진 문화는 똑같은 세계의 두 얼굴이다.

그런 곳도 난리다. 역사적 문화적 유산이니 관광수익이니 하면서 조상 잘 만났다고 잘난 체다.

우리 제주는 어떤가. 역사 속의 희생과 피와 파멸이 가져다 준 게 아닌 애초에 물려받은 자연경관이다.

이쯤 돼야 타고난 복이라고 자랑할 수 있는 게 아닌가. 그래서 지키고 싶다는 얘기다.

편지
좀
써요

편지 쓰는 걸 싫어한다. 요즘 세상에 누가 편지를 쓸까, 아마 없을 것이라고 제멋대로 해석하면서 나의 기준에 맞춘다. 그렇다고 메일이나 문자의 답장도 변변히 안 한다. 결국 게을러 빠지고 무심한 성격이라는 결론을 낼 수밖에 없다.

예전에 작가라는 종족은 무턱대고 편지를 쓰는 경향이 있었다. 편지 쓰는 게 좋아서 작가가 된 게 아닌가 할 정도다. 내 입장에서 생각하면 병적일 정도로 편지 쓰기를 좋아했던 것 같다는 느낌도 든다.

19세기 러시아 작가들은 실로 많은 편지를 썼다. 불구자였던 체홉도 그런 점에서는 무서울 정도로 정력적이었다. 그가 쓴 편지는 1875년부터 1904년까지 29년 동안 무려 4천 4백 통이었다.

'고리끼' 역시 그의 왕복 서간만으로도 책 한 권을 만들 수 있었다.

대학시절에 그 서간문을 읽고 감동했던 기억이 새롭다.

체홉의 30권 전집에는 13권이 편지다.

뚜르게네프도 편지를 많이 썼다. 38권 전집 중에 편지가 차지하는 분량은 13권. 대략 5천1통으로 산정되고 있다.

뭐니뭐니해도 그 둘 모두 문호 톨스토이에게는 당해낼 재간이 없다. 무려 9천3십7통이 확인되고 있지만 편지도 이 정도 되면 병이 아닌가 하고 빈정거리고 싶어진다. 중증이라고 말해야 하지 않을까 하면서.

얼마 전 들은 얘기다.

결혼 후 편지는커녕 말로라도 '사랑해'하는 소릴 듣지 못한 아내가 남편을 졸랐다.

"당신, 그 러브레터라는 것 잊었어? 내 생일에 보석까지는 안 바랄 테니까 연애편지라도 좀 주면 안 돼? 결혼 전에 한번 받아보고 끝이네. 여자는 할머니가 되도 여자라구. 비싼 화장품 이런 것 다 필요 없으니까 그 연애편지 다시 한번 받아 보는 게 내 소원이야. 자기야 알았지? 하고 돌부처 같은 남편에게 아내는 친절하게 가르쳤다.

남편도 결심했다. 그까짓 것. 비싼 보석이다 화장품이다 하는 게 아니라 연애편지라니. 이 번 생일은 싸게 먹힌다는 생각에 못할 것도 없었다.

그래도 막상 그 연애편지를 쓰려고 하니 만만치가 않았다. 써본 지가 40여 년. 그것도 마누라 꼬득일 때 딱 한번 이었다.

이리 저리 초안을 잡는 게 반나절. 결국 편지 쓰는 것은 포기하고 휴대폰 문자로 짧게 하기로 맘먹었다.

남편은 짧게, 그러나 진정 어린 마음으로 '당신 사랑해'라고 문자를 보냈다.

웬걸 안 하던 짓을 하면 꼭 문제가 발생한다. 불행이 기다린다.

보낸다고 보낸 남편의 문자는 '당신 사망해'로 아내의 메일로 보내졌다.

쿠바의
여행 속에서

콜럼버스가 쿠바 섬을 발견한 것은 1492년 1차 항해 때였다. 그는 쿠바 섬을 '인간이 볼 수 있는 가장 아름다운 곳'이라고 찬탄했다.

그 말을 뒷받침 하듯 세월이 흐른 지금도 쿠바는 여전히 아름다운 채 있었다. 쿠바는 온통 녹색이 줄줄 흐르고 있었다. 그 위에 툭 툭 던져진 듯 피어있는 부겐빌리아. 거리마다 골목마다 하이비스카스에 붉은 색이 선명하고 집 정원마다 피어있는 '큐피트의 눈물'의 주황빛은 아름다움의 끝이었다.

세계 유산으로 등록된 '올드 아바나'(아바나의 옛 거리). 쿠바의 도시 올드아바나는 마드리드보다도 스페인의 고풍스러움이 남아있었다.

거리에 간판이 하나도 없는 나라, 세계에서 가장 안전한 곳, 관광국가로 도약하면서도 악질 택시 기사가 없는 나라가 쿠바다.

쿠바인은 놀라울 정도로 근면하다.

쿠바는 성실하지 않은 사람을 싫어한다.

미국의 경제봉쇄로 절체절명의 위기에서 도시를 경작하여 유기농법 선진국이 된 것도 그 성실의 힘이었다. 그들의 성실이 위기를 기회로 바꿨다.

미국의 코 아래 작은 섬나라가 지금은 남미의 지도국으로 우뚝 섰다.

암울한 지구촌에 인류의 희망으로 일궈냈다는 찬사를 받는 것은 당연하다.

쿠바인은 아무리 위기적 상황이라고 해도 노래와 춤과 럼rum을 놓지 않는다. 춤추고 노래하고 마신다. 아니 노래하고 마시고 춤추고, 순서는 그 무엇이어도 상관이 없다.

쿠바의 바다는 세계에서 가장 아름답고 깨끗하다. 공장 폐수가 없기 때문이다.

쿠바의 바다를 보면서 헤밍웨이를 떠올리지 않을 수 없었다. 그의 생애에서 가장 오랜 시간을 보낸 쿠바의 집. 20년을 거기에서 지냈다.

헤밍웨이의 쿠바시대에 있어서의 가장 빛나는 순간이 '노인과 바다'로 노벨문학상을 받았던 때였다. 그때 쿠바의 모든 라디오국은 평상시의 프로그램을 중단했다. 그의 수상 뉴스를 보도하기 위해서였다.

"쿠바가 가장 사랑하는 사람 중의 한 사람이 영광스러운 상을 수상했습니다."라는 아나운서의 말이 끝났을 때, 많은 사람들은 그의 집으로 몰려들었다.

헤밍웨이의 쿠바의 집 '핑가 비히아'에서 그는 군중에게 감사의 인사를 했다. 감격한 나머지 헤밍웨이의 목소리도 떨렸다고 한다.

그는 노벨상의 금메달을 쿠바의 성모사원에 헌납했다. 그 메달은 지금도 거기에 보존되어 있다. 결국 헤밍웨이는 사랑하는 쿠바의 민중에게 그 상을 바친 셈이다.

헤밍웨이가 쿠바를 영원의 땅으로 정한 데는 몇 가지 이유가 있다.

하나는 아메리카 문단과 거리를 두고 다른 작가와의 교류를 피해 작가활동을 하려고 했다. 또 이미 유명해진 헤밍웨이는 매스컴에 방해받는 걸 싫어했다. 그런 면에서 쿠바는 최적이었다.

혁명 이후 쿠바정부는 예술에 적극적으로 지원을 하기로 했다. 많은 예술가들이 맘껏 활동을 한다. 단돈 천원을 내고 수준 있는 연극을 볼 수 있다는 것은 놀라움을 떠나 부러움이었다.

쿠바는 문화단체에 보조금 지급을 소홀히 하지 않는다. 소홀이가 아니라 적극적인 지원을 한다.

돌아오는 비행기 속에서 제주에서 작가로 산다는 것

은 어떤 것인가를 생각해 봤다. 해마다 예산이 삭감되었다고 으름장을 놓으며 동냥 주듯 하는 '문화 예술 보조금'

초라함을 넘어 비참함이 든다.

카사노바
최후의
사랑

프랑스 영화 '카사노바 최후의 사랑'이 기억이 난다. 이미 늙어버린 카사노바의 이중삼중 뒤틀린 모습을 그리고 있었다.

아랑드롱은 늙은 카사노바를 연기하기 위해서 6kg을 살찌웠다. 여전히 우수 어린 눈동자에 세포 속까지 스며든 고독감을 그가 아니면 누가 연기할 수 있었을까.

영화는 노인에 접어든 카사노바가 베네치아의 정부에 사면을 신청한다. 사면장을 들고 숙소로 돌아오면서부터 시작된다.

그는 계몽 철학자에게 반대하고 자유사상의 청산을 베네치아 정부에 증명하려고 했다. 허나 그의 바람은 무참히 거절당한다. 지난날 유럽을 무대로 한 히어로는 지금은 그저 늙은 바람둥이에 지나지 않는 것으로 여겼다.

카사노바는 그를 은인으로 생각하는 올리버를 찾아 간다. 오갈 데 없는 신세가 된 그는 잠시 그 집에서 묶는다. 그러나 어쩌랴. 올리버의 아내 메어리 역시 지난 날 카사노바의 애인이 아니던가. 더 당황한 것은 지금도 메어리는 그에 대한 추억을 잊지 못하고 있다는 것이다.

누가 뭐라고 해도 카사노바는 자칭 작가이고 자유사상가였다. 게다가 마술사, 사기꾼, 모험가, 군인, 외교관, 첩자로 불리 운 인물이었다. 그 많은 타이틀 중에서도 자신의 연애편력을 회상록에 씀으로서 시대 풍속의 기록자가 되기도 했다. 그 결과로 카사노바는 곧 난봉꾼이라는 동의어로 만든 인물이다.

18세기 프랑스 계몽 사상가를 중심으로 이성을 존중하고 낡은 사회도덕과 미신을 타파하려고 했다. 사상가 카사노바의 연애편력은 인습적 도덕에 반항한 자유로운 남녀관계를 만들려고 했다는 것이다.

그런 방법이 통할 리 없었다. 봉건제도의 근저를 흔들게 하는 두려움 때문이었다. 카사노바가 고향 베네치아 정부로부터 추방당한 것은 그런 이유때문이기도 했다.

그런 와중에도 카사노바의 본질은 없어지지 않고 다시 흔들거렸다. 히어로였던 지난날의 영광을 되찾고 싶

었다. 사상가로서의 자존심을 살리고 새로운 여자를 정
복해야 한다는 집념.

아랑드롱의 우수 어린 눈동자가 그토록 흔들리며 불
안해하는 모습은 처음이었다.

드디어 카사노바의 본능을 자극하는 여자가 나타났
다. 눈부시게 젊고 지적인 미녀 마르코리나.

예전의 카사노바라면 꼬드겨 넘어오게 하는 건 일도
아니었다. 그런데 문제는 카사노바의 강렬한 대쉬에도
눈길도 주지 않는다. 아예 관심이 없다.

카사노바는 포기하지 않는다. 정말 갖고 싶은 여자
다. 세계가 인정하는 카사노바가 아닌가. 찜하면 넘어
오지 않는 여자가 없지 않았던가.

대쉬한다고 하지만 치근덕거린다고 느낀 마르코리나
가 카사노바에게 쏟아 부친다.

"당신은 그저 입 냄새 나는 노인 아닙니까?" 라고

충격을 받은 역사적 바람둥이는 그 여자와 그 여자의
애인에게 냉혹하게 복수하고 만다.

베네치아 정부로부터 결국 사면장이 온다. 거기에는
자유사상가의 자존심을 말살하는 조건으로 정부의 밀
고자가 되라고 적혀있다.

히어로는 자기가 정하든가 시대가 정한다. 적어도 카
사노바의 경우는 색정행위를 사랑으로 여기는 시대는
지나갔다.

거기에 카사노바란 히어로의 비극적인 시대착오가 있었는지 모른다.

카사노바가 아니어도 늙은이의 사랑은 어렵다.

왜냐하면 늙은이와 젊은이는 같은 하늘을 볼 수 없으니까. 같은 곳을 보고 울 수 없으니까. 이해와 공유가 다르니까.

사랑, 얼마나 어려운 추상화인가.

와인,
라크리마 크리스티

짝사랑을 한 남자가 몇 명 있다. 짝사랑은 죄가 아니라는 지론을 갖고 있는 나로서는 여러 명이여도 부끄럽지 않다는 생각이 든다.

무엇을 숨기랴. 영화 '종착역'의 주인공 몽고메리 클리프드였다. 그 우수 어린 눈빛. 남자가 어쩌면 저렇게 아름다울 수가 있는가. 그에 대한 나의 가슴앓이는 상당 기간 계속되었다.

이미 그는 죽고 없어 만날 수 없으니 아니, 살아있다 해도 당연히 만날 수도 없다. 왜냐하면 어디까지나 짝사랑이 아니던가.

그런 저런 불가능이 문제지만 그 영화의 배경이 되었던 곳을 가보고 싶었다.

로마의 떼르미니역.

마침 여동생이 방학이라서 꼬드겼다. 나의 과장과 허

풍에 허둥지둥 짐을 싸고 비행기를 탔다. 어느 해 12월 이었다.

웬걸 로마는 생각보다 추웠다. 털 코트는 필요 없다는 엄청난 정보 때문에 우린 바로 얼어 죽게 생겼다.

로마 떼르미니역에 내린 시간은 새벽 2시. 동생과 나는 사기꾼도 불량배도 도둑도 많다는 그 복잡한 역에서 가방을 풀고 있는 옷을 다 겹쳐 입었다. 한마디로 웃기는 모습이다. 스카프를 세 개씩 두르고 스웨터 위에 스웨터를 겹쳐 입으니 코트를 입을 수가 없다. 그래서 코트를 어깨에 두르고 스카프를 벨트로 사용하는 형국이었다. 그때만큼 집에 두고 온 패딩코트를 아쉬워 한 적이 없었다.

다행인 것은 너무나 많은 멋쟁이들이 아예 우릴 쳐다보지 않는 다는 것이었다.

떼르메니역 근처에 숙소를 정하고 나왔다. 어딜 가나 먹는 것은 꼭 챙기고야 마는 내가 아닌가.

거의 가게는 문을 닫을 시간이었다. 이리저리 헤매다 막 가게 불을 끄려는 레스토랑으로 들어갔다.

고우신 할머니가 오늘은 영업이 끝나서 아무것도 없다고 했다. 아무것도 없어도 좋으니 집 밥처럼 있는 것 팔아달라고 애원을 했다.

할머니는 우리의 꼴 새를 보시더니 "여행 중이라서 배고프겠구나"라고 살포시 웃으시는 게 아닌가.

잽싸게 내 여동생은 "그래요 할머니 빵하고 와인이나 있으면 돼요."라고 했다.

영업시간이 끝났으니 문을 닫고 차려주겠노라고 했다.

작은 조명 두 개만을 켜고 우린 테이블에 앉았다. 그 식당에 테이블이라고 해도 다섯 개 정도였다.

할머니는 빵과 스크램블에그를 내오셨다. 와인은 뭘로 할래요?하고 할머니가 물었다.

"너무 춥고 배가 고파서 금방 떠오르는 게 없는데요. 맡길게요."

"그래요? 그럼 내게 맡겨요."

할머니가 내 놓으신 와인은 화이트였다.

"라크리마 크리스티에요. 내 손녀가 좋아해요. 아가씨들을 보니 손녀 생각이 나서 이걸 권해요."

처음 보는 것이라고 했더니

"그래요?" 라크리마 크리스티는 '예수의 눈물'이라는 뜻이라 했다.

그녀는 와인을 따라주며 그 와인의 전설을 얘기해 줬다. 맑은 느낌이 들고 상큼한 라일락향이 나는 와인이었다.

오랜 옛날 악마가 천국에서 토지를 훔쳤다. 그 훔친 토지로 만든 거리가 나폴리라고 해서 당시는 탐닉에 빠진 인간들이 악행을 일상으로 저질렀다.

어느 날 예수가 베스비오스화산의 정상에 서서 나폴리의 모습을 봤다. 너무나 황폐한 모습에 예수는 눈물을 흘렸다.

예수의 눈물이 떨어진 곳에 포도나무가 자랐다. 그 포도에서 훌륭한 와인이 만들어졌기 때문에 '예수의 눈물'이라고 이름을 붙였다고 했다.

이 전설과 함께 우리의 분위기도 익어갔고 시간도 흘러갔다.

늦게 숙소로 돌아왔다.

다음 날 천천히 짐을 챙기고 떼르미니역으로 향했다. 피렌체 산타마리아노 벨라역까지 가기 위해서였다.

자유여행은 이래서 좋다고 호들갑 떠는 내게 여동생이 묻는다.

"언니 그 짝사랑의 남자는 어떻게 된거야?"

"뭐어? 짝사랑 남자?"

"이러니까. 그 잘난 몽고메리클리프트를 잊은 거야?"

"그렇지."

우린 서로 보고 웃었다.

이래서 나 같이 무책임한 인간은 짝사랑을 택하나 보다. 이쪽도 저쪽도 상처가 없을 테니까.

그러고 보니 그 짝사랑 때문에 떼르메니역 근처 선술집에서 '라크리마 크리스티'를 만난 게 아닐까.

여행은 언제나 좋다.

아바나에서

세상에서 가장 섹시한 도시 아바나. 50년대에는 '거리속의 마녀'라 불리 울 만큼 매력적이었다. 관능적이고 애틋함 뒤에는 실망과 빈곤이 있다. 향락의 거리 어둠 속에는 절망과 대등하게 안식이 있다.

나는 서둘러 술집 '플로리디타'를 찾았다. 그리고 '다이키리'를 주문했다. 헤밍웨이가 그랬던 것처럼.

다이키리는 화이트 럼과 라임쥬스와 설탕을 섞어서 만든다. 무더운 쿠바에서 태어난 칵테일이다. 광산에서 일하는 광부들이 쿠바 산 럼주에 라임쥬스와 설탕을 섞어서 더위를 식히려고 마시던 것이 시초였다.

라임의 야성적인 강한 산미. 이것을 설탕으로 잘 섞는 게 다이키리의 비결이다. 설탕을 적게 섞으면 그냥 신맛이고 반대로 많이 섞여도 안 된다. 럼과 라임의 분량이 맛을 살리는 데 승부수가 된다.

헤밍웨이는 거기다 얼음을 갈아서 넣은 프로즌 다이 키리를 좋아했다. 플로리디타에서 다이키리를 넉 잔이 나 마신 나는 조금 취했다.

그러나 아직 숙소를 돌아가기엔 이르다.

나는 멜리아 꼬이바 호텔 건너편 카페로 갔다. '하투이 맥주'를 마셔 보고 싶었다.

헤밍웨이의 〈노인과 바다〉에 맥주이야기가 나온다. 노인과 소년의 부분에 이런 장면이 있다.

늙은이가 말했다.

"그 사람이 우리를 위해 이런 일을 한두 번 한 것이 아니잖니?"

소년이 대답했다. "그런 것 같아요."

또 노인이 말꼬리를 물었다.

"그럼 배 값만 주어선 안 되겠다. 참 우리에게 친절한 사람이로구나."

소년이 또 대답했다. "맥주도 두병 보냈어요."

"난 맥주는 캔 맥주가 제일 좋더구나."라고 입매 짧은 노인이 캔과 병을 가린다.

소년이 마지막으로 대답을 했다.

"알고 있어요. 하지만 이건 병맥주에요. 하투이 맥주요. 병을 돌려주기로 했어요."라고.

그 당시도 빈병을 가져가면 돈을 줬나 보다.

〈노인과 바다〉의 이 장면을 떠올리면서. 나는 그림

같이 아름다운 남자 종업원에게 '하투이 맥주'를 주문했다. 알겠다는 표정으로 웃음을 지어 보이는 그 남자는 소지섭과 닮은 얼굴이었다.

쿠바 여행의 첫날 밤. 아바나에서 나는 그렇게 헤밍웨이를 쫓고 있었다.

헤밍웨이가 그토록 사랑했던 쿠바. 그가 쿠바를 택했던 이유는 얼마든지 있었다.

그 이유 중의 하나는 아메리카의 문단과 거리를 두고 싶었다. 또 다른 작가와의 교류를 피해 자신의 방식대로 작가 활동을 하려고 했다. 이미 유명해진 헤밍웨이는 문단뿐만이 아니라 메스컴에 조차 방해 받는 걸 싫어했다. 그런 의미에서 쿠바가 편했을는지도 모른다.

아메리카를 묘출하지 않았던 아메리카 작가, 헤밍웨이. 때론 그런 식으로 헤밍웨이를 평했다. 그러나 그것은 틀렸다. 물론 〈태양은 다시 뜬다〉는 파리와 스페인. 〈무기여 잘있거라〉는 이태리와 스위스. 〈누구를 위하여 종은 울리나〉는 스페인. 〈노인과 바다〉는 쿠바다.

주된 작품은 어느 것도 외국이 무대가 된 것은 사실이다. 그러나 이것은 표면적인 견해이다.

헤밍웨이의 문학세계는 아메리카가 하나의 광맥이 되어서 처음부터 만년까지 계속되었음을 부정할 수가 없다.

아무튼 나는 이번 여행에서 어쭙잖게 헤밍웨이의 문학세계를 넘볼 마음은 없었다. 그것은 너무 무례하고 어렵다는 생각이 들기 때문이었다.

다만, 그를 너무 좋아하기에 그가 다니던 선술집에서 그가 좋아하던 술이라도 마시면서 느끼고 싶었다. 헤밍웨이의 진심을. 그리고 그가 사랑했던 쿠바를.

하나 더 비밀을 말하자면 그것으로 나의 추억여행의 목적은 충분했다.

쿠바의 날씨는 방심 할 수 없었다. 구름 한 점 없는 하늘인가 하다 보면 갑자기 비가 쏟아졌다. 두어 시간 그러다 또 언제 그랬느냐는 식으로 비는 그쳤다.

너무도 선명하게 반짝거리는 초록의 아름다움. 천차만별의 느낌을 주며 피어 있는 붉은 꽃들. 이 신선하고 풋풋함이 밤이 되면 숨어들고, 음악과 야성이 살아나는 아바나란 도시의 미묘한 조화에 나는 압도당하고 말았다.

쿠바 여행이 끝날 때까지 다이키리와 하투이 맥주도 물론 나는 손에서 놓지 않았다.

남자의
손

어렸을 때부터 나는 나의 아버지의 손을 좋아했다. 아버지의 손은 아름답고 힘이 있지만 세심한 손이었다. 그런가하면 나를 지켜주는 커다란 손이었다. 그래서인지 언제나 남자의 손에 대해서는 민감했다.

아무리 멋있는 남자라도 그 손이 내 취향에 맞지 않으면 사랑에까지 발전하지 않았다. 그런 손이 나를 만진다고 하면 도저히 받아들이지 못할 것 같은 생각이 들어서였다.

언제부터인지 남자의 손에 관해서 남 못지않은 의견과 감안을 갖게 되었다.

손은 그 남자 자신과 아주 닮았다는 생각이 든다. 육체적 특징이나 마음의 상태까지 나타낸다.

천박한 남자는 역시 천박한 손을 하고 있고 성실한 남자는 균형 잡힌 좋은 손을 하고 있다.

만일 그 남성 전체의 느낌이 어딘가 불균형하다고 느
낀다면, 그것은 아마 손의 표정과 손의 모양 때문일 것
이다.

흔히 '눈은 마음의 창'이라고 하지만 내게는 손이 훨
씬 신용이 간다.

눈만큼 신용할 수 없는 게 또 있을까.

거기에 비하면 남자의 손은 무방비다. 아무것도 숨길
수 없다.

아주 오래된 영화 '애정 이야기'라는 게 있다.

킴 노박이 막 결혼한 천재 피아니스트인 남편 애디에
게 말한다.

"나는 당신의 손을 좋아해요. 그냥 보기만 해도 가슴
이 뛰어요. 당신을 사랑하기 전에 당신 손을 사랑하고
있었다는 걸 아시나요?"

이 피아니스트 애디 듀턴은 1930년경부터 한 세대를
풍미한 실존의 남자로써 미남으로 알려진 사람이었다.
그 애디의 역할을 맡은 타이론 파워의 피아노를 치는 손
또한 아름다웠다.

내가 지난 날 아름답다고 생각한 남자의 손은, 타이
론 파워 외에 훌라밍고 댄서 안토니오 가데스가 춤을
추고 있을 때의 손의 표정이었다. 그리고 나의 아버지의
손이다.

내가 만난 남자들의 손은 노동하지 않은 손, 부드럽

고 소심하기만한 손, 뻣세고 냉정한 손, 그런 손들이다.

만일 내가 결혼에 대한 결의를 못하고 있을 때 상대방의 손이 성실한 느낌을 준다면 서슴지 않고 승낙할 작정이다.

상대의 부와 명성과 평판에 상관없이.

비비안 리

영화 〈바람과 함께 사라지다〉에서 비비안 리를 봤을 때, 기가 막혔다. 세상에 저렇게 예쁜 사람도 있구나. 나는 넋을 잃었다. 내 나이 열여섯이었다. 아름다움은 저런 것이로구나로 그때 정해버렸다.

그 후 그녀에 대해 너무도 궁금했다. 알 방법은 없었다. 그저 그녀 신작이 다시 제주의 허름한 극장에서 상영되길 기다릴 뿐이었다.

비비안 리. 그녀는 작고 예쁘지만 연약하고 애교 있고 타협하는 여자가 아니었다. 전갈같이 독침을 갖고 있고 그런가 하면 꼬리를 높이 치켜세우는 고양이 같은 자존심을 뽐낼 때도 있었다. 세상에서 가장 아름다운 전갈이라는 표현이 과연 흡족할까.

내가 열여섯이었을 때 〈바람과 함께 사라지다〉에서 비비안 리를 만난 것은 행운이었다. 덕분에 여자라는 존재가 가져야하는 용기를 배울 수 있었다. 제법 빠른 시기에. 또 여자도 자신의 인생을 헤쳐 나갈 수 있고 그래야 한다는 걸 나도 스스로 다짐했다.

나는 비비안 리의 모든 것이 좋았다. 특히 가느다란 허리와 녹색의 고양이과의 동물 같은 눈동자. 검고 둥그런 느낌으로 곱게 그려진 눈썹. 화가 나면 그 눈썹은 묘하게 꿈틀거리며 표독스러워진다. 녹색과 회색의 묘한 색의 눈동자가 크게 빛난다. 그냥 빛나는 게 아니라 애수에 젖은 듯.

그래서인지 영화 〈애수〉에서는 성숙한 여인의 쓸쓸함이 아쉬움 없이 보여 매력적이었다.

그렇게 아름답고 자립심이 강한 여성도 사랑 앞에선, 무너졌다. 로렌스 올리비에, 그 남자.

비비안 리가 마지막 순간까지 가장 뜨겁게 사랑한 남자였다. 로렌스 올리비에에게 첫눈에 반한 비비안 리는 남편과 딸을 버리고 올리비에와 동거를 했다.

그러나 그 행복이 그리 오래 지속되지는 않았다. 자신만의 사랑을 위해 배우자와 자식을 버린 이들의 말로가 그렇듯.

그녀는 자주 아팠다. 게다가 정신적으로도 상당히 불안정하고 격한 모습을 자주 보였다.

〈바람과 함께 사라지다〉에 이어 두 번이나 아카데미 여우주연상을 받았지만 그녀는 몸도 정신도 피폐해져 갔다. 로렌스를 너무 사랑한 나머지 그에게 다른 여자가 생길까봐 늘 전전긍긍하면서 스스로를 옥죄었다.

실생활의 불행과 이혼. 연기의 괴로움과 피로가 겹쳐 조울증, 정신착란 상태였지만 스크린 속에서는 완벽했다.

〈욕망이라는 이름의 전차〉에서는 아주 보잘것없이 망가진 미녀를 아플 정도로 보여줬다. 이마에는 주름이 잡히고 세월을 느끼게 하는 언어와 몸동작. 신경질. 그 모습을 주저 없이 보여줬다.

당시 세계에서 가장 아름다운 여자라고 불리던 비비안 리. 평정한 때에는 세련되고 절도 있고 품위 있는 여자지만 발작을 일으키면 야비하고 천하게 굴었다. 심지어는 소리 지르고 벽에 자신의 몸을 던져 상처를 내곤 했다.

로렌스는 그녀의 간병인만으로는 있을 수 없었다. 그에게는 무대가 있고 아니 그런 그녀에게서 도망치고 싶었는지 모른다.

로렌스도 그녀를 사랑한 만큼 아팠다. 사랑하는 여자의 발작을 지켜보며 가슴 아리지 않는 남자가 어디 있을까.

헤어진 후에도 비비안 리의 침실에는 로렌스의 사진이 놓여있었다.

그녀는 끝내 자부했다. 헤어진 로렌스를 자기만큼

아는 여자는 없다고. 그녀만이 알고 있고 그 어떤 여자도 모르는 로렌스 올리비에를 간직하고 싶었다.

하지만 그녀는 그토록 사랑하던 로렌스의 품에 안겨서 죽지는 못했다.

그녀는 죽기 얼마 전까지도 로렌스를 사랑할 것이라 말했다.

그녀의 예상대로 로렌스는 악몽 같던 비비안 리와의 결혼생활을 청산하고 젊은 여자와 결혼했다.

1967년 7월7일. 사랑도 명예도 돈도 욕망도 모든 걸 뒤로 한 채 그녀는 숨을 거뒀다.

패배를 싫어하고 투쟁하는 삶을 살았던 비비안 리, 그녀.

사랑이란 참 이상하다. 그렇게 갈망해도 손에 쥐어지지 않으니 말이다.

비비안 리. 그녀는 사랑에 살고 사랑에 죽었다. 그런 그녀가 내게는 자립의 영원한 표상이다.

제임스 딘

세기의 신인이라고 불렸던 배우가 있었다. 제임스 딘이다. 자신을 버린 어머니에 대한 미움과 아버지의 사랑을 받고 싶어 처절했던 청년이다.

존 스타인백의 소설을 각색한 '에덴의 동쪽'이다. 여기서 에리아 카잔 감독은 주인공 캘 역에 제임스 딘을 기용했다. 성공적이었다.

당시 이 세기의 신인 때문에 우린 가슴 아파했고 쓸쓸해했다.

그가 출연했던 영화 '에덴의 동쪽' 거기엔 우리의 청춘이 있었다. 사랑에 대한 갈증이 있었다. 마음 부칠 곳 없는 젊은이의 슬픔이 있었다. 관객은 모두 울어버렸다.

에리아 카잔 감독은 제임스 딘이라는 한 젊은이의 고독과 슬픔과 눈물 젖은 기쁨을 드라마틱하게 전개했다. 풍성한 감성을 배합하는데 성공했다.

캘리포니아 어촌마을에서 영화는 시작된다. 은행에서 나온 중년여자. 그 뒤를 밟는 캘. 여자는 술집 겸 사창가를 경영하는 여자다. 이혼해서 작은 아들 캘을 놓고 간 비정의 여자다. 제임스 딘의 어머니다. 제임스 딘은 그 여자에게 돌을 던진다. 그리고 달아난다.

아버지는 두 아들에게 그들의 어머니는 죽었다고 얘기하고 있었다. 형은 그말을 그런대로 수긍하며 아버지의 일을 말없이 돕는다. 캘은 그 말을 믿지 않는다. 난폭하고 거칠게 반항하며 아버지에게 대항한다. 캘은 그렇게 난폭하게 하면서라도 어머니를 보고 싶었다. 실은 사람의 정이 그리웠다. 그는 고독했다. 그런 성격 때문에 아버지의 사랑을 받지 못한다는 걸 알면서도 고치려 들지 않고 더욱 비뚤어져갔다.

농장 경영자 아버지는 순종하는 큰 아들이 좋았다. 믿음직한 큰 아들 아론을 눈에 띄게 아꼈다.

반항하고 저항하는 작은 아들 제임스 딘에게는 아예 마음을 거둬버렸다. 관심을 두지도 않았다.

그럴수록 제임스 딘은 아버지께 더 반항했다. 그것이 아버지에 대한 그의 애정표현이었다. 사랑받고 싶다는 절규였다. 화가 난 그는 형의 애인까지도 빼앗고 만다.

기독교인은 물론 우리가 다 알고 있는 성서의 얘기다. 누구나 인간의 피 속에는 싸우는 형제, 카인과 아벨의 얘기가 존재해 있다는 걸.

그의 아버지는 늙고 상심한 끝에 뇌졸중으로 쓰러지고 만다. 주위의 비난은 제임스 딘에게 쏟아진다. 보안관은 중오하는 말투로 "카인은 동생 아벨을 죽었다. 그래서 에덴의 동쪽으로 갔다. 너도 어디든 가버려라"고

제임스 딘은 어디론가 가 버릴 생각이었다.

쓰러진 아버지에게 형은 울면서 말한다. 동생 캘이 얼마나 아버지를 사랑하고 있는지를.

아버지는 아주 힘들게 입을 여신다.

아버지의 눈빛에는 처음으로 캘에 대한 중오가 없었다. 사랑이 감도는 촉촉한 눈이었다.

"캘, 아무데도 가지 말고 여기 남아서 날 간호해다오."

우린 모두 울었다. 캘, 제임스 딘의 그 표정과 눈빛은 진정 어린 아름다운 슬픔이었다.

실제로도 9살에 어머니가 죽고 아버지하고 성장한 제임스 딘이다. 영원의 공허함을 메꾸는 어려운 표정은 그래서 나온 것일까. 그가 어쩌다 웃는 모습은 우는 것 같지만 분노 같기도 했다. 사랑할 때의 격정은 갈망의 표현이지만 슬퍼 보였다.

어쩌면 이렇게 심플하고 솔직할 수 있을까. 배우가 갖는 군더더기 연기가 그에겐 전혀 없다.

영화 속 주인공 캘이 제임스 딘인지 제임스 딘이 캘인지 구분할 수 없을 만큼의 연기였다. 스크린도 현실과

겹쳐있는 듯한 느낌이었다.

내 방에는 지금도 제임스 딘의 사진이 두 장 벽에 붙어있다. 오토바이를 타고 있는 모습, 또 하나는 '이유 없는 반항'의 영화 포스터이다.

당분간 버릴 생각이 없다.

이토록 아름답고 절망적인 슬픔을 간직한 눈빛을 난 아직 본 일이 없으니까.

카트리느 드느브

'**종**전차'라는 영화를 봤다. 그때 카트리느 드느브는 막 40대에 접어들었을 때이다. 그러나 여전히 젊음을 간직한 놀라운 미모였다. 슬픔만큼 성스럽고 애틋한 아름다움이었다.

1963년 영화 '셀부르의 우산'에서 일약 스타덤에 올랐다. 프랑스가 낳은 절세의 미인이라는 칭호를 얻으며.

그러나 이상하게도 그녀에게는 그런 명성과 달리 닳고 닳은 여자의 느낌이 내겐 강했다. 그 정도의 완벽한 미모와 기품이 넘치면 중세유럽의 귀부인 같은 분위기가 있을 법한데, 그렇지 않았다. 아름답지만 차갑고 겉과 속이 다른 배덕의 느낌이 있었다. 잠시라도 눈을 돌리면 딴짓을 할 것 같은 비정함도 있었다.

그녀의 닳고 닳은 여자의 매력을 유감없이 발휘한 영

화가 있다. 세브린느였다. 세브린느의 원제 Bel De Jour를 직역하면 '아름다운 오후'이지만 낮에 피고 밤에 진다는 메꽃이다. 낮에만 일하는 매춘부라는 의미로 표현을 했다.

초현실주의의 기수이자 루이스 부뉴엘의 작품이다.

의사인 남편을 둔 그녀는 어렸을 적 성적 학대를 경험한다. 그 이후로 종종 무의식적으로 피학적인 성적환상을 꿈꾼다. 남편으로 부터의 소외감과 일상의 권태를 이기지 못해 사창가를 찾는다. 남편이 일하는 낮 시간에만 매춘부 생활을 한다. 거기서 온갖 종류의 사람들을 만난다. '메꽃'을 향해 날아드는 인간 진딧물의 꼬락서니가 볼만하다. 드디어 거리의 부랑자 마르셀을 만나면서 얘기는 전환을 맞는다. 애초에 도덕과 법에 구애받지 않는 남자, 마르셀. 그들의 결과를 감독은 철저하게 관객의 상상에 맡긴다.

인형 같은 차가운 아름다움. 도자기 같이 하얀 피부에 고양이 과를 연상시키는 커다란 눈. 넘실대는 금발. 얇은 입술. 잔인해 보이는 냉소.

사람을 믿고 싶어서 사랑했는데 그러지 못한 여자의 울부짖음. 차가움과 잔인함이 절묘하게 섞인 우아함. 그런 매력이 모든 그녀의 것이다.

'어두워질 때까지 이 사랑을'에서는 그런 그녀의 매력을 유감없이 보여준다.

돈에 눈이 먼 사기꾼 여자. 자신의 미모를 무기로 남자를 홀려 돈을 빼내고 죽이려고 한다. 힘이 딸려 한꺼번에 못 죽이고 매일 조금씩 독약을 넣은 음식을 먹인다. 너무 사랑하기에 알면서도 그걸 받아먹는 남자. 그 남자 쟝플벤몬드는 드느브에게 울며 고백한다.

"당신은 너무 아름답소. 너무 아름다워서 보고 있으면 아프다."고. 당신의 아름다움이 내가 매일 독을 마시는 것보다 더 한 고통이라고.

드느브의 차가움은 실생활에서도 그러지 않았나 하는 생각이 든다. 수많은 남자들을 거치면서 그녀는 이렇게 말했다.

"결혼은 나의 인생을 아무것도 바꿔주지 않았다. 결혼 전 후도 나는 여전히 혼자였다."

그리고 이렇게 계속한다.

"나는 두 번 다시 결혼하지 않아요. 결혼은 자유가 없고 귀찮은 형식에 불과해요. 나의 편이 적이 되고 사랑이 증오로 변하니까요."

"내게 있어 관심이 있는 건 현재뿐. 앞으로의 일은 생각하지 않아요. 예측할 수 없으니까."

그녀는 이렇게 말했다.

행복, 사회적인 성공이나 명성보다도 개인적인 사랑과 행복을 선택하고 싶다고.

얼음처럼 차갑다고 해도 그 안에는 따뜻함을 그리는

진심이 있지 않았을까. 하지만 평범한 이미지는 카트리느에게는 어울리지 않는다.

그녀도 이제 70을 훨씬 넘겼다.

여전히 영화에 출연하고 왕성히 활동하고 있다.

얼마 전에 찍은 영화 '밤바람의 향기'에서는 중후한 멋이 있었다. 예전의 인형과 같은 차가운 아름다움은 이미 없었지만.

고독한 중년의 여자가 너무도 어울리는 분위기였다. 필사로 아름다움을 지키려는 게 아니라 자연스럽게 흘러가는 모습. 편안해 보였다. 편안함도 아름다움인 것을 알았다.

잔느 모로

프랑스 루이 말 감독의 영화 '사형대의 엘리베이터 life to the scaffold'를 본 것은 대학 일학년 때였다.

나는 거기서 잔느 모로를 봤다. 그 후 지금껏 절대적 그녀의 팬이다. 아마 지금은 구십 세를 넘겼을지도 모른다.

잔느 모로는 악역이 가능한 배우였다. 악역은 아무나 하는 게 아니다. 특히 여자인 경우에는 의연함과 아름다움이 있어야 한다. 아니 품위가 있어야 한다는 표현이 더 적합할 것 같다.

잔느 모로의 매력을 얘기하자면 처진 입술에 냉정하고 계산적인 눈빛. 음탕하게 비웃는 듯한 미소. 옷을 입으면 말라 보이지만 벗으면 풍만한 육체. 요염한 아름다움이 있다. 그리고 그녀의 여운이 남는 낮은 음성도 매력이 있다.

'사형대의 엘리베이터'는 프랑스 누벨바그 운동의 전초를 알리는 작품이었다. 그래서인지 참신한 시도들이 곳곳에 엿보였다. 밤거리를 달리는 자동차. 별 대수롭지 않은 거리가 '루이 말' 감독 손에서는 소나기가 지나간 것처럼 싱그럽게 살아난다. 거기에 알 수 없는 공포감과 초조함 조차도 이 영화에서 느끼는 신선함이었다.

'사형대의 엘리베이터'는 범죄 스릴러라는 장르답지 않게 프랑스영화 특유의 촉촉함과 우울함이 돋보이는 점이 좋았다. 탄탄한 시나리오와 더불어 음악과 영상의 완성도는 영화의 성공을 이끌어냈다.

영화 전반에 흐르는 모던재즈의 거장 '마일즈 데이비스'의 뇌쇄적인 트럼펫 선율은 내 가슴에 지금까지도 남아있다.

영화의 줄거리는, 남자 주인공이 자신이 다니는 회사 사장의 아내를 넘본다. 결국 사랑에 빠진 남자는 그 불륜의 사랑을 위해 사무실에서 사장을 죽인 뒤 자살로 꾸미고 사무실을 빠져나온다.

허겁지겁 엘리베이터에 탔는데 경비 직원은 모두 퇴근한 줄 알고 전원을 끄고 퇴근 해 버린다.

우여곡절 끝에 빠져나오긴 하지만 그 덕분에 또 다른 범죄의 용의자가 되고 만다. 아무리 범죄에 대한 치밀한 계획을 세우고 완전범죄를 바랬지만, 그 계획은 허사였다.

나는 이 영화에서 잔느 모로에게 빠진 부분은 이것이었다. 남자를 기다리는 동안의 표정. 계획대로 완전범죄는 성공했을까. 왜 그는 여태 돌아오지 않는 것일까.

그런 상황을 잔느 모로의 대사가 아니라 표정에서 느낄 수 있다. 기다리는 여자의 불안과 초조감을 품위 있고 눈물겹도록 납득이 가게 연기하는 여자.

잔느 모로와 모리스 로넷이 꾸민 완전범죄가 슬프게도 한 사내의 아이러니한 운명을 담은 영화였다.

아름다움은 당연히 있어야 하지만 품위가 없고서는 악녀를 연기할 수 없다. 강렬한 자아에서야말로 교활을 발산한다.

감독 '루이 말'은 '사형대의 엘리베이터'의 성공으로 차기 작 '연인들'을 만들었다. 물론 잔느 모로와 함께였다.

그러나 누벨바그의 운동선상에는 중요한 작품이지만 큰 성공은 얻지 못했다.

내용은 단순했다.

모든 것을 다 가진 부잣집 유부녀가 삶에 허무를 느낀다. 삶이 지루했다. 그러다 우연히 젊은 고고학자와 하룻밤을 보낸다. 다음 날 남편에게 이별을 고하고 청년의 차를 타고 떠난다. 모든 것을 다 버리고.

지금 생각해 보면 얄팍한 막장 드라마다. 그러나 자신의 인생에 실증이 난 잔느 모로의 표정연기를 보며 납득이 가기도 했다.

　마치 밤의 러브신을 위해 만들어 진 것 같은 영화였다. 대사도 거의 없고 잔느 모로의 우울한 표정과 브람스의 현악 6중주 곡 만이 흐른다.

　이 영화에서 하얀 목욕가운을 입고 있는 우울하고 슬픈 잔느 모로의 표정이 왜 이토록 아름다운지 가슴이 아렸던 기억이 새롭다.

　악녀이기 때문에 도취와 오염이 있다.

　잔느 모로의 아름다움은 도취한 표정의 근사함에 있었다.

　그 매력이 오랜 세월 줄곧 나를 끌어당겼다.

아랑 드롱

아주 오래전 파리의 '포시즌즈' 호텔에서 우연히 아랑 드롱을 봤다. 그야말로 내가 태어나서 처음 행운이라고 느낀 날이기도 했다. 그날 그 호텔에서 무슨 파티가 있는 모양이었다. 엘리베이터 앞에 서 있는 그를 본 순간 나의 심장이 터지는 줄 알았다.

그는 스크린에서처럼 멋스럽고 아름다웠다. 무엇보다 믿을 수 없었던 건 그의 작은 얼굴이었다. 같은 인간이라고 하기에는 나의 큰 얼굴은 너무 절망적이었다. 그의 나라 프랑스에서는 어떨지 모르겠지만 적어도 우리나라에서의 아랑 드롱은 미남의 대명사가 아니던가. 그의 영화를 본 일이 없는 사람들조차도 그의 미모와 섹시함에는 토를 달지 않았다.

드물게 타의 추종을 허용하지 않는 미남, 어디를 어떻게 흉내 낸다고 해도 결코 거리를 좁힐 수 없을 만큼의 미모, 여자의 경우는 화장과 성형으로 수정이 가능하지만 남자의 경우는 생긴 그대로 승부를 겨뤄야 한다. 그러니 조건이 더 엄격할 수밖에 없다.

'아이라인을 그리면 절세의 미녀'라는 비유는 존재해도 '눈썹을 그렸더니 절세의 미남'이라는 건 존재하지 않는다.

전혀 손을 대지 않은 아름다움을 따진다면 미남이라는 것은 원래 '기적과 같은 아름다움' '신이 만든 최상의 미'라고 생각해도 좋을 것 같다. 그런 의미에서 그는 그런 얘기를 듣기에 충분하다.

그러나 아랑 드롱은 그 '신이 만든 최상의 아름다움' 때문에 손해 보는 부분도 있었다. 그의 연기력이다. 많은 작품에 출연하면서도 배우로서의 재능과 실력이 제대로 평가될 기회는 적었다. 심지어는 세상에서 얘기되는 인간의 부정적인 면, 갈등, 증오, 분노, 복수 같은 감정을 표현하는 데는 천부적이라고 하면서도 말이다.

영화 속에서 그는 잘 웃지 않는다. 아니 웃는다고 해도 눈동자 깊은 곳에는 우수가 있다.

그래서 그 웃음은 차갑고 쓸쓸해 보인다. 입술에는 미소를 띠고 있지만 눈동자 속에 우수가 있어 냉정하게 느껴진다. 그런 그만의 매력이 '태양은 가득히'에서 과부족 없이 나타난다. 질투심을 눈동자 속 깊이 숨기고 어쩌면 그리고 가볍게 살인을 하고 마는지, 인간의 무서운 '숨김'을 보여준다. 그 눈동자의 우수는 차라리 인간의 적나라한 추함을 알고 있기 때문이 아닌가 하는 생각이 든다.

그의 눈동자 속에는 여성에 대한 탐욕도 정열도 없다. 그저 가슴속에서 마음대로 커진 욕망을 음미할 뿐이다.

그는 범죄 영화가 대부분이었다. 연애영화에는 별로 출연한 적도 없지만 어울리지도 않는 배우다. 그도 그럴 것이 그 어떤 여배우와 출연을 해도 그녀들은 그의 아름다움을 능가할 수가 없었다.

'그대의 품에 다시 한번'에서는 유부녀를 꼬드기는 대학교수를 연기했다. 상대 여자는 열심이었지만 그는 별 열정이 없다. 관심이 없다. 그저 먹이를 찾은 다음의 냉정함. 포식 후의 공허. 그 또한 우수다.

불길하고 불가해한 인간의 감정과 살인자가 갖는 비정함. 성격파탄자의 부조리한 냉혹함을 표현할 수 있는 배우가 아랑 드롱 이외에 있다면 "나와 보라"고 감히 얘기하고 싶다.

끊이지 않는 여배우와의 스캔들로도 유명하지만 그는 끝끝내 우수 어린 눈빛이었다.

심지어 연인과 해변을 거닐 때조차도 우수는 석양과 함께 그의 눈동자 속 깊이 있었다.

그는 아름다워서 차라리 슬프고 냉혹하다.

그러나 그 슬픔, 냉혹이 우리들의 우수였음을. 나의
청춘의 눈부신 추억이었음을 .

종착역

  스쳐지나가는 사랑이라는 게 있다. 그런 사랑의 경우도 이별이 힘들긴 마찬가지다. 왜냐하면 이별의 순간을 정하고 실행하는 데는 용기가 필요하기 때문이다. 스쳐지나 간다고 아픔이 없는 건 아니다.

  어떤 사랑이든 웃으며 헤어질 수는 없다. 사랑하면서도 헤어지는 건 서로에게 미련이 남으니까, 괴롭다. 그래서 핑계가 필요해진다. 부모의 극심한 반대라든가 새로운 애인이 생겼다든가.

  '종착역'은 1953년 작품이다.

  불륜남녀의 짧은 만남, 긴 이별을 담은 영화다. 막장 고전 신파멜로의 최고봉이라고 평한다. 등장인물도 적고 내용도 간결하다. 이런 경우 감독의 노련함이 절대 필요하다. 게다가 배우의 존재감이 완성도를 좌우할 수밖에 없다.

모습 그 자체만으로도 설득력을 갖고 있는 몽고메리 클리프트 뛰어난 연기력과 슬픈 눈빛의 제니퍼 죤스가 주인공이다.

몽고메리 클리프트가 지오반니를, 제니퍼 죤스가 메리를 연기한다.

메리는 남편과 7살 된 딸아이를 둔 평범한 가정주부다. 어느 날, 언니가 살고 있는 로마에 왔다가 지오반니를 만나 사랑에 빠진다. 메리는 그 사랑이 깊어지는 게 두려워진다. 점점 그와 함께 있고 싶다는 생각이 강해질수록.

지오반니에게 몸과 마음을 허락한 메리는 마음속으로 외쳤다. 그저 스쳐지나가는 사랑이라고. 바람이라고. 여행지에서의 홀가분함 때문에 생긴 순간의 불장난이라고.

그러나 아니었다. 지오반니를 더 사랑할 것 같았다. 겁이 났다. 집에 두고 온 아이와 남편. 자신에게는 돌아가야 할 보금자리가 있다. 그다지 사랑하지는 않지만 자상하고 늘 성실한 남편. 착한 아이. 무엇하나 아쉽고 부러울 게 없다.

그런 자신이 여행지에서의 불장난에 빠질 염려는 없다고 느꼈다. 그러나 그 부분이 위험한 요소로 다가왔다. 분명히 안정은 소중하지만 안정만으로는 채워지지 않는 게 있다는 걸 알았다.

메리는 떠나야 했다. 누구도 아닌 그녀 스스로가 결단하고 행동으로 옮겨야 했다. 파리행 열차를 타기 위해 메리는 몰래 역으로 간다.

뒤늦게 그것을 안 지오반니는 허겁지겁 그녀를 찾아 달려온다. 그리고 숨이 멎도록 메리에게 따져 묻는다.

"나는 안녕이라는 말조차도 들을 가치가 없는 사람이냐?"고.

그런 사람 앞에서 사랑하니까 떠난다는 논리는 참으로 궁색하게 여겨진다.

뿌리치고 메달리던 두 사람은 화물차 칸에 들어가 격렬한 정사를 나눈다. 공안원에게 발각되어 역 안에 있는 경찰서에 갔다 풀려 나온다. 인간미 넘치는 서장님의 배려였다. 파리로 당장 떠나라는 충고와 함께.

파리 행 마지막 열차에 올라타는 메리. 남겨진 지오반니.

늦가을 어둠이 내리기 시작하는 로마역 구내. 로마의 중앙역은 유럽 각국에서 남쪽으로 오는 열차의 종착역이다.

'종착역'은 두 시간 동안 역 안에서 두 사람의 행동만을 뒤쫓는다. 레오리얼리즘의 걸작이라고 평하는데 토를 달수가 없다.

몽고메리 클리프트는 역시 영화배우 하려고 태어난 사람이다. 연기며 눈빛이며 감탄을 금할 수가 없다.

다혈질의 지오반니는 메리를 소개받자 한 눈에 반해 버린다. 메리가 돌아가야 할 곳은 현실이고, 그가 사랑한 선택은 꿈이다. 꿈은 깨면 허망하다. 그래서 가슴 쓰라린데, 덥석 그걸 잡고 마는 남자. 멋있다.

그런 몽고메리 클리프트를 나는 좋아했다. 고백하건데 내 청춘의 대부분은 그를 향한 짝사랑의 시간이었다. 슬프도록 아름다운 남자. 몽고메리 클리프트.

이별이 없는 만남은 없다.

아픔이 없는 사랑도 없다. 그래서 헤어질 때 꼴불견이 되고 엉망이 된다. 그래도 추스르고 살아간다. 그게 인간의 약함이요. 멋짐이다.

제4부
종교라는 힘

여호와께서 자기 백성의 상처를 싸매시며
그들의 맞은 자리를 고치시는 날에는
달빛은 햇빛 같겠고
햇빛은 일곱 배가 되어
일곱 날의 빛과 같으리라.

– 이사야 30장 26절 –

태양이
외로운
거리

미켈란젤로가 바티칸 성 베드로 성당에 피에타를 조각한 것은 24세였다. 피에타는 십자가에 매달려 죽은 후에 어머니인 성모마리아의 무릎에 놓여진 예수그리스도의 시신을 묘사한 것이다.

완성된 작품을 보고 의뢰인은 매우 만족했다. 그러나 작업한 보수의 금액을 듣고는 대단히 놀랐다고 한다. 당시 미켈란젤로는 피렌체에서는 알려진 인물이었지만 로마에서는 무명이었다. 무명의 젊은이가 일급 예술가와 똑같은 대우를 요구하니 비싸다고 항의 할 수밖에 없었다.

그때 미켈란젤로는 의뢰인에게 의연하게 "이익 보는 쪽은 당신입니다."라고 했다고 한다.

타협하는 쪽도 당하는 쪽도 어차피 진짜라면 완전히 대등한 상호관계가 성립되는 것이다. 그리고 비로소 유효한 문화전략의 노선이 펼쳐지는 시점이기도 하다. 만일 적당히 사기친다고 생각하며 경제적인 것으로만 주판알을 튕겼다면 문화를 창조하지 못한 채 끝나 버렸을지도 모른다.

문화를 살리려면 돈을 주는 쪽이 진짜와 가짜를 구별할 수 있는 안력이 필요하다.

그렇게 메디치가문의 후원이 없었다면 르네상스도 없었고, 미켈란젤로도 없었다.

메디치가문을 이야기하지 않고 르네상스를 말하는 건 강물이 굽이쳐 흘러내리지 않아도 넓은 바다가 존재하고 있다고 우기는 것과 같다.

로마의 메세나스가문도 마찬가지다.

두 가문 모두 당대의 시인 예술가들을 아무런 대가 없이 후원해서 그들이 작품 활동에 전념할 수 있도록 배려했다.

기업은 경제적 행위를 하는 조직이다. 이윤을 추구하는 건 당연하다.

정치적 행위는 번 돈을 사용하는 일이다. 문화적 행위는 돈을 쓰는 행위다.

문득 '까뮈'의 이방인의 대사가 떠오른다. "잘못을 뉘우치는 가?"라는 판사의 물음에 뫼르소는 "태양이 너무 눈 부셔서 그랬다. 솔직히 후회라기보다는 권태감을 느낀다."라고 한다이젠 8월의 매미소리도 없다. 장대비도 없다. 뭔가 많이 망가져 버린듯한 느낌에 우울하다. 한참 바뀌어버린 풍광도 낯설다.

최근 제주에서도 기업과 문화의 연결이 활발해진 느낌이다. 기대는 없다. 후원자에 대한 기대도 정책에 구경도 지겹다.

영화 '해바라기'에서 쏘피아로렌이 말한 것처럼 "나는 이태리 사람이 아니에요. 나는 나폴리 사람이에요."

그렇게 태어나고 자란 고향에 애착을 느끼며 외칠 수 있는가, 나는 제주에서 작가로 산다는 것은 무엇인가. 내 자신에게 묻고 싶다.

내게
소중한
책
한 권

십여 년 전 러시아의 여류시인 안나 아흐마토바의 집에 간적이 있다. 스탈린 시대에 감금당해서 표현의 자유를 빼앗겨 시를 쓸 수 없었을 때 살았던 곳이다. 지금은 기념관이 되어 있었다. 상트페테르부르크의 뒷골목 어둡고 칙칙한 곳에 있었다. 조그만 뜰에는 얼룩진 벽이 낡은 모습 그대로 남겨져 있고 담장이가 기어올라 덮고 있었다.

젊은 아가씨가 혼자서 방문객에게 해설을 하고 안내를 하고 있었다.

아흐마토바의 남편은 혁명분자로서 총살을 당했고 아들은 감옥에 있었다. 그녀도 당국에 의해 행동을 감시 받고 있었다.

"여기가 아흐마토바의 침실 겸 서재입니다"하고 하얀 블라우스의 젊은 아가씨는 서툰 영어로 설명을 해줬다.

그 방에는 낡은 침대가 하나 있고 아주 작은 책상이 있었다.

간단하고 소박했다. 시를 쓰는 걸 금지 당했기 때문에 아흐마토바는 거기서 어떤 책을 읽고 있었을까, 궁금했다.

책상에는 책 세 권이 놓여있었다.

"그녀가 갖고 있던 것은 이 책 세 권뿐입니다. 하나는 성서 또 하나는 푸시킨의 시집. 그리고 세익스피어입니다."

오랜 감금생활 속에서 그녀는 이 세권의 책을 반복해서 읽었다고 한다.

어떤 국가보안국이라해도 성서와 푸시킨, 세익스피어를 금하게 할 수는 없었다.

갑자기 나는 부끄러운 생각이 들었다. 난잡하게 산처럼 쌓여있는 내 방의 책들을 떠올렸다. 집에 가면 당장 책 정리를 해야겠다고 결심했다.

나에게 남겨 둬야 할 세 권은 어떤 것일까. 돌아오는 비행기 속에서 계속되는 생각이었다. 절망적이었다.

책속에 파묻혀 살고 있지만 진정 필요한 것은 어떤 것일까? 이 많은 책이 내게 무슨 의미일까 하고 생각해 봤다.

상트페테르브르크의 여운을 갖고 책정리를 시작했다. 던졌다. 집어 들었다 하기를 3일. 도저히 쉽게 책을 버릴 수 없었다. 톨스토이는, 도스토에프스키는 어떻게 해야 하나.

문득 혼자 살고 있는 내가 죽은 다음을 생각해 봤다. 누가 이 산같이 쌓아 온 책을 정리해 줄 것인가. 내가 죽었다고 슬퍼해 줄 사람도 없겠지만 죽으면 정리라도 해 놓지 라고 할 것만 같았다. 힘든 일을 남기고 가는 게 아닌가.

그런 생각이 드니 버리는 게 어렵지 않았다. 이건, 이래서 버리고 저건 저래서 버리고. 책을 버리는 게 정말 불가능할 것 같았는데 떠날 사람들의 자세로 버리니 죄책감이 덜 들었다. 결사의 각오로 버리고 남겨 둔 것은 오직 나 역시 『성서』였다.

나는 안나 아흐마토바와 같은 시인은 아니어도 내게도 소중한 것은 성서였음을 고백한다.

인생 50년 시대에는 여생이라는 게 있었다.

그러나 인생 100년 시대를 이미 여생이라고 부를 순 없게 되었다.

나의 인생을 돌아보니 역시 하나님과 만나게 된 것. 그 이상의 것은 아무것도 없었다.

나의 인생의 황금기는 역시 하나님을 만나고 신앙을 갖게 됐을 때부터인 것 같다.

인간은 무엇 때문에 일하는가. 그것은 살기 위해서다.

돈이라든가. 명예라든가 그런 건은 결국 덧없는 것. 인간은 죽으면 아무것도 가져갈 수 없다고 생각하면서도 그걸 갖고 싶어 한다.

유명한 소설이나 영화 속에서도 종종 나오는 대사다.

현실의 우리는 모두 에고이스트다. 죽은 다음보다도 지금 이 세상에 살아가는 동안이 신경이 쓰인다. 돈이나 명예를 가볍게 얘기 할 수 없다는 이유다.

고백하건데 나에게는 컨트롤이 안 될 정도의 낭비벽이 있었다. 버릇이라고 할 정도 지병이었다. 공허함 때문이었다.

인간다운 바른 감각이 없었다. 하나님 만나기 전까지는. 새로운 방식의 시대. 그것이 나에게는 종교였다. 신앙이었다.

모든 답이 성경에 있기에 그 한 권으로 충분하다고 이제는 말할 수 있다.

힘든
이 시간에

비틀즈의 존레논이 총에 맞아 죽은 뒤 아내 오노 요코는 끔찍이도 괴로운 시간을 보냈다.

남편을 잃은 것도 슬픈데 많은 사람이 그녀를 공격했기 때문이다. 공격의 이유는 그녀가 의견을 지나치게 내세우며 비틀즈의 음악에 간섭을 했다는 것이다. 그 외에도 이유는 얼마든지 있었다.

이대로는 마음이 찢어져 병이 날 것만 같은 위기감을 느낀 요코는 기도하기 시작했다. 그러다 보니 그녀 입에서 'Bless You Jack'〈잭을 축복합니다〉하고 중얼거리고 있더라는 것이다. 자신을 공격해 오는 사람의 이름이었다.

그녀는 기도를 반복했다. 반복하는 동안에 두 개의 변화가 생겼다. 자신의 마음이 변하여 비난하는 자들에 대한 증오심이 없어지고 두려움이 없어졌다. 그들도 잠

잠해졌다.

예수는 적을 사랑하라고 가르치신다. 불가능하게 생각되는 과제다. 그 가르침에 순종하여 적을 축복하면 우리의 마음을 지킬 수 있게 상황을 바꿔주신다.

내키지 않아도 너무 힘들기 때문에 사랑하고 축복해야 할 때인 것 같다.

- **너희를 저주하는 자를 위하여 축복하며 너희를 모욕하는 자를 위하여 기도하라**-

누가복음 6장 28절

여기
이 사랑을

지옥이란 더 이상 아무도 사랑 할 수 없는 고통이라고 '도스토엡스키'는 얘기 하고 있다.

마음에 드는 사람만 사랑하는 것은 진정한 사랑이라고 할 수 없다. 진정한 사랑이란 상대 속에 있는, 자기 속에 있는 것과 동일한 신을 사랑하는 경우에만 말할 수 있다.

우리 안에 신이 있듯이 그들 안에도 신이 있다는 것을 잊지 않아야 한다. 그래야 불쾌하고 악한 사람들 우리를 미워하는 사람들까지 사랑 할 수 있다.

사랑은 결과이지, 원인이 아니다. 사랑의 원인은 자신의 내부에 있는 신적神的 또는 영적인 본원에 대한 자각이다. 그 자각이 사랑을 요구하고 사랑을 낳는다.

문학이라는 말은 흔히 듣는다. 꽤 익숙해있지만 꽤나 까다롭고 딱딱한 느낌이 든다. 그 속에서 끝임 없이 사랑을 발견해내야 한다. '이른바 사랑'이 아니라 '여기 이 사랑'을 찾아내는 끼 작가가 해야 할일이라는 생각이 든다.

저주
대신
축복을

〈민수기〉에 모압 왕 '발락'이 이스라엘 민족을 저주하려고 '발람'을 부르는 의미심장한 이야기가 나온다. 발락은 발람이 자신의 원수를 저주해주면 큰 선물을 주겠노라고 약속한다.

그 꾀임에 빠진 발람에게 천사가 나타난다.

그렇지만 발람의 눈에는 천사가 보이지 않는다.

천사의 만류에도 불구하고 발람은 발락과 함께 송아지와 양을 희생으로 바치는 제단으로 간다.

발락은 저주의 말을 기대한다.

기대와 달리 발람은 이스라엘 민족을 저주하는 대신 오히려 축복을 내리고 만다.

- 발락이 발람에게 이르되

  그대가 어찌 내게 이같이 행하느냐

나의 원수를 저주하라고 그대를 데려왔거늘
그대가 오히려 축복하였도다

-민23장 11절-

- 여호와께서 내 입에 주신 말씀을 내가 어찌 말하
지 않을 수 있으리이까 -

-민23장 12절-

- 발락이 말하되 나와 함께 그들을 달리 볼 곳으
로 가자. 거기서는 그들을 다 보지 못하고 그
끝만 보리니 거기서 나를 위하여 그들을 저주하
라 하고 -

-민23장 13절-

그러나 발람은 다시 저주 대신 축복을 내린다.
다음 장소에서도 그렇게 했다.

- 발락이 발람에게 노하여 손뼉을 치며 말하되 내
가 그대를 부른 것은 내 원수를 저주하라는 것
이어늘 그대가 이같이 세 번 그들을 축복하였도
다. -

-민24장 10절-

- 그러므로 그대는 이제 그대의 곳으로 달아나라
  내가 그대를 높여 심히 존귀하게 하기로 뜻하였
  더니 여호와가 그대를 막아 존귀치 못하게 하셨
  도다. -

-민24장 11절-

발람은 발락의 적을 저주하는 대신 축복을 주었기 때문에 선물을 받지 못하고 돌아갔다.

지금 이 시대. 모든 상황에서 진정한 시인. 진정한 예술가들이 깊이 묵상해야 할 말씀임을 느끼게 한다.

종교라는 것

불교적인 사고로는 인간은 원래 건강한 존재가 아니라고 한다. 태어났을 때부터 사백 개의 병을 몸속에 지니고 태어났다고 한다. 그렇다고 한다면 인간은 원래 병과 함께 있는 존재라고 해도 좋을지 모른다.

선禪에서는 병을 '불안'이라고 말한다.

나이가 들어갈수록 불안정해지고 밸런스가 깨지면서 사백 네 가지의 병이 밖으로 나왔다는 얘기다.

지금까지의 근대의학에서는 외축에 병의 원인이 있어 그것에 공격을 당해 병이 생긴다고 생각하고 있다. 병을 물리쳐야 한다는 전투적인 생각을 하게 된다. 싸우고 이긴다는 전쟁용어가 자주 나온다.

치유에 대한 생각도 다르다. 과학적 상식으로서 알고 있는 것은 과연 옳은가. 또는 기적적인 치유는 미신에 지나지 않는가 하는 것으로 고민하게 된다.

나는 기적적인 극적 치유는 있다고 생각한다. 그것은 그저 자연치유력이 높아졌다거나 세포가 활성화해서라는 게 아니라 자신의 직감에 이끌려 치유된 경우이다.

직감이라고 하면 대단히 신비적으로 들리지만 꼭 그렇지만은 않다.

그것은 근대적 지성과는 달리 매우 지적인 것을 내측에 포함하고 있다.

밖에서 들리는 우주의 소리일지도 모르고 안에서 자신의 소리의 모양을 취할지도 모른다.

어느 쪽이든 지금 직감에 이끌려 그것들의 소리에 귀를 기우릴 필요가 있다.

종교적인 것이 없으면 인간은 직감할 수 없다.

종교에 귀의하면 병이 낫는다는 얘기가 아니라, 오히려 반대의 의미다.

동서를 막론하고 어떤 종교든 그것을 믿으면 괴로움이 없어진다고 얘기하는 게 아니다.

괴로움은 변하지 않지만 저쪽에 출구가 보이는가 어떤가 하는 것이다. 인간이 살아간다는 건 역시 여러 가지 업을 짊어지고 있기 때문에 살아가는 것만으로도 큰 사건이다.

종교를 갖는 일의 의의는 그 대단함을 밑에서 지탱해주는 힘이 있는가 어떤가이다.

그래도
사랑해야
합니까

　40이 되면 미혹되지 않는다는 말이 있다. 슬프게도 70을 넘은 이 나이에도 갈팡질팡이다. 번뇌가 많은 나는 명경지수의 경지에는 도달 할 수 없는 모양이다. 젊었을 땐 어쩌다 밤중에라도 깨면 낮에 있었던 억울한 일, 불쾌한 일들이 떠올라 다시 잠이 들지 못하는 일이 많았다.

　그럴 때 이래선 안 되겠다는 마음이 들어 책을 꺼내 읽었다. 거기에 이런 내용이 있었다.

　일상에서 무조건 '감사합니다.'를 말하라는 것이다. 그것도 노래하듯이.

　예를 들어 지갑을 잃어버렸을 때도 "아아, 감사, 감사합니다. 쓸데없는 돈을 쓰지 않게 해주서서 감사합니다."라고 몇 번이고 주문 외우듯이 중얼거리라는 것이다.

이혼 소송이 벌어지면 "아아, 감사, 감사합니다. 저 할망구(영감)하고 얼굴 마주보지 않고 매일 지낼 수 있어서 감사합니다."

이렇게 자기에게 유리하게 해석하며 "감사 감사"를 연발하면 분노가 사그라진다는 얘기가 적혀 있었다.

쉽진 않겠지만 좋은 방법이라는 생각이 들어 나도 즉시 실천 해보기로 했다.

그러나 어딘가 무리가 있었다. 무리가 있으니까 진심으로 감사할 마음이 생기지 않았다. 바로 그 방법을 그만 뒀다.

그 책에서 소개하는 다른 한 가지는 같은 맥락인데 마이너스 속에서 플러스가 있다고 하는 생각의 실천이다.

말주변이 없는 사람을 마이너스 성격이라고 하면 그 사람은 아무리 연습을 해도 수다쟁이나 학술이 좋은 사람은 되지 않는다.

말주변이 없다는 마이너스 속에는 남의 얘기를 잘 들어 준다는 것, 그게 플러스라는 얘기다.

수다쟁이는 남의 얘기를 듣질 않는다. 아니 들어 줄 시간이 없다. 수다 떠는데 신경이 팔려 주위는 아랑곳없다.

이처럼 성격이나 불운, 불행 속에서도 플러스 점이 있다는 얘기다.

그 별로 어렵지 않은 얘기를 꼭 책을 읽어야만 알 수 있는 것이냐고 비아냥거리는 사람이 있지만, 난 그 책을 읽은 후 달라졌다.

매일 불쾌한 일이 있어도 감사. 싫은 사람이 있어도 감사. 신경질이 많은 사람을 보면 섬세하구나 하고 억지로 생각해 봤다.

아주 조금씩 뭔가 달라지며 마음이 편안해짐을 느꼈다.

그러나 역시 남 뒤통수 치는 인간만은 그 경우가 적용되기 어려웠다.

어떻게 신의를 져 버리고 뒤통수 치는 인간에게 "감사, 감사합니다."를 할 수 있을까.

80이 되든 바로 죽는 순간이든 나는 그것만은 안 될 것 같다.

그래서 갈팡질땅한다.

"아, 뒤통수 친 인간을 감사함으로 받아들이라면 차라리 나를 신이라고 불러 주세요" 하고 소리치고 싶다.

양보라는
이름의
더 큰사랑

이스라엘을 여행하면 갈릴리 호수 근처와 사해 근처의 풍경이 다른 걸 느끼게 된다.

북 갈릴리 호수 근처는 물의 영향을 받아 초록 넘치는 땅이다. 봄이 되면 들 백합이라고 불리는 붉은 아네모네가 가득피어 넓은 꽃밭처럼 된다. 그런가 하면 사해 주변엔 살아 있는 게 없다. 소금기 있는 물가에 풀한포기 없이 황량하다.

구약의 신은 '노하는 신' '질투하는 신'이어서 그것은 사해 주변의 광경으로 상징 되었다.

유대인의 그런 긴 신앙의 역사가 예수의 출현으로 180도 바뀌었다. 거기에 사랑과 용서의 세계를 쌓아 올렸다.

풍요롭고 따뜻한 세계는 물과 꽃에 둘러싸인 갈릴리 호수의 풍경으로 상징된다.

신은 도대체 어떤 얼굴을 하고 있을까? 엄격한 얼굴인가? 아니면 인간을 끝없이 용서해 주시는 자애심 깊은 존재인가.

그 신의 얼굴은 신약성서 두 곳에 나타나 있다.

- 그들이 가버나움에 이르니 반 세겔 받는 자들이 베드로에게 나아와 이르되 너의 선생은 반 세겔을 내지 아니하느냐

이르되 내신다 하고 집에 들어가니 예수께서 먼저 이르시되 시몬아 네 생각은 어떠하냐. 세상 임금들이 누구에게 관세와 국세를 받느냐 자기 아들에게냐 타인에게냐

베드로가 이르되 타인에게니이다. 예수께서 이르시되 그렇다면 아들들은 세를 면하리라.

그러나 우리가 그들이 실족하지 않게 하기 위하여 네가 바다에 가서 낚시를 던져 먼저 오르는 고기를 가져 입을 열면 돈 한 돈 세겔을 얻을 것이니 가져다가 나와 너를 위하여 주라 하시니라. -

-마태복음 17장 24~27절-

여기에 그들을 실족하지 않게 위한다는 말은 예수님과 제자들이 성전세를 내지 않음으로 성소를 멸시한다

는 오해를 성전세를 받는 자들과 백성들이 갖지 않게 하기 위함이라는 의미다.

예수는 자신은 하나님의 아들이니까 실은 성전세를 낼 필요가 없다. 그러나 그들에게 필요 없는 분란을 일으키는 것 보다 성전세를 내는 쪽으로 택하셨다. 다시 말해서 예수가 타협했다.

신이기 때문에 일체 타협하지 않는다는 태도가 잘못 됐다는 것은 신약성서의 또 한 곳에 확실히 나타나고 있다.

그것은 십자가에 달린 예수가 부활해서 갈릴리 호수 근처에 나타나신 장면이다.

요한복음에 의하면 제자들이 어느 밤 고기잡이에 나갔는데 한 마리도 잡지 못했다. 날이 새어 갈 때에 예수께서 바닷가에 서셨으나 제자들은 예수이신 줄 알지 못했다. 예수가 제자들에게 "고기는 잡았느냐?"고 물으셨다. 잡지 못했다고 하자 예수께서 그물을 배 오른편에 던지라고 권했다. 그들이 시키는 대로 하자 그물이 찢어 질 정도로 고기를 잡았다.

그때 베드로는 바닷가에 서 계신 분이 주님이심을 알고 기뻐했다. 벗고 있던 베드로는 서둘러 겉옷을 입고 바닷가로 뛰어 나갔다.

이 부분은 베드로가 노동할 때 속옷만 입은 상태에서 겉옷을 입었다는 해석과 윗옷의 소매를 걷어붙였다는 양방의 해석이 가능하지 않을까하는 생각이 든다.

어느 쪽이든 제자들은 정신없이 주님이 계신 바닷가로 달려 나갔다.

이미 바닷가에는 불이 피워졌다. 예수는 그 위에 생선을 굽고 빵과 생선으로 식사를 했다.

그 다음 성서는 다음과 같이 계속된다.

　　- 그들이 조반 먹은 후에 예수께서 시몬 베드로에게
　　이르시되 요한의 아들 시몬아 네가 이 사람들보다
　　나를 더 사랑하느냐 하시니 이르되 주님 그러하나
　　이다. 내가 주님을 사랑하는 줄 주님께서 아시나
　　이다. 이르시되 내 어린양을 먹이리라 하시고
　　또 두 번째 이르시되 요한의 아들 시몬아 네가
　　나를 사랑하느냐 하시니 이르되 주님 그러하나
　　이다 내가 주님을 사랑하는 줄 주님께서 아시나
　　이다. 이르시되 내 양을 치라 하시고
　　세 번째 이르시되 요한의 아들 시몬아 네가 나를
　　사랑하느냐 하시니 주께서 세 번째 네가 나를
　　사랑하느냐 하시므로 베드로가 근심하여 이르
　　되 주님 모든 것을 아시오매 내가 주님을 사랑하
　　는 줄을 주님께서 아시나이다. 예수께서 이르시
　　되 내 양을 먹이라. -

　　　　　　　　　-요한복음 21장 15장~17절-

처음 여기를 읽었을 때 솔직히 이상한 문장이라고 생각했다. 예수가 장황하게 제자에게 자신에 대한 사랑을 확인하고 있다고 생각했다. 마치 버려질 여인이 남자의 사랑을 끈질기게 확인하고 있는 것 같은 연약함조차 느껴졌다.

그러나 그것은 원어의 뉘앙스가 완전하게 번역되지 않았기 때문이라는 걸 알게 됐다. 번역이 잘못된 게 아니라 한국어로서 도저히 표현되지 못할 요소가 있다고 할 수밖에 없다.

처음 주님은 베드로에게 '아가페(신의 사랑)'의 동사형 '아가판'을 사용해서 "나를 사랑하느냐(아가파스 메)"라고 물으셨다.

베드로는 단순 솔직하지만 조금 거칠고 급한 구석이 있다. 주님이 고통을 동반한 사랑 '아가판'의 모양으로 자신에게 의지를 물었던 걸 몰랐다.

그는 '휘리아(우애)'의 동사형인 '휘레인'을 사용하여 '당신을 사랑합니다.'라고 대답했다. 더 정확히 말하자면 사랑합니다. (휘로-좋아합니다)

두 번째도 똑같은 문답이 이어졌다.

후년, 네로황제 시대에 황제의 사설경기장에서 나무 기둥에 묶여 찔러 죽이는 형벌을 받고 마구간에 시체가 내던져질 운명을 예견하지 못했던 베드로지만 예수로서는 설령 그런 일이 있더라도 "아가파스메(나를 사랑할 수 있느냐)"라고 묻지 않을 수 없었다.

그런 질문에 다소 둔한 베드로는 망설임 없이 여전히 '당신을 사랑합니다.'(휘로세)라고 대답했다.

한국어로는 똑같아 보이는 세 번째 질문에 상황은 크게 변해 있었다.

예수는 베드로가 도저히 언어의 뉘앙스를 헤아리지 못함을 알고 주님은 자기 쪽에서 접으셨다.

예수는 세 번째 같은 질문을 베드로의 언어 사용에 맞춰서 '휘레이스메'(나를 사랑하는가)라고 하셨다.

아무것도 모르는 베드로는 행복했을 것이다. 그는 가슴을 펴고 처음과 같은 말을 했다.

"내가 주님을 사랑하나이다."(휘로세)

옳은 일을 하고 있는 신은 그 정의에 따라서 절대로 양보하지 않을 것이라고 우리들은 생각한다. 그러나 신은 양보했다.

예를 들어 작은 일이라도 사람들을 당황하게 하고 곤란하지 않게 신은 양보했다.

정의에 따름으로서 우리들은 양보해야한다는 아주 고도의 복잡한 자세가 성경 속에는 확실히 나타나 있다.

글을
쓰는
이유

　　1952년 노벨 문학상을 수상한 프랑스의 작가 프랑수아 모리아크는 여든넷까지 작품 활동을 했다.

　　그는 '신과 악마'라는 작품에서는 그리스도교 작가들이 부딪히는 어려운 문제 인간의 본성에 숨어있는 사악함을 묘사하되 독자들을 시험에 들지 않게 하는 방법에 관해 고찰했다.

　　그의 마지막 작품에 〈지난날의 한 청년〉 이라는 게 있다. 한 청년의 성장을 그린 이 소설에는 이 작가가 자신의 인생을 회상하면서 쓴 부분이 많다. 긴 여행 끝에 뒤를 돌아보고 걸어 온 길을 헤아려 본 작가는 "어느 것 하나 쓸데없이 여겨선 안 된다. 또한 어느 것 하나 쓸데없는 일은 없었다." 라고 쓰고 있다.

　　모리아크는 인간의 마음을 확실하고 분명하게 설명

할 수 있다고 믿었다.

그러나 아이러니하게도 확실하고 분명하게 분석할 수 없는 혼돈된 무의식을 다룬 유명한 작품이다.

평범한 생활도 작가로서는 의미를 찾을 수밖에 없다.

여러 가지 사물의 내용이나 속뜻을 깊이 새기고 감상하는 게 이어져 커다란 의미로 향해 갈 수 있음을, 느낀다.

그것이 우리들이 글을 써내려가야 하는 이유이기도 하다.

냄새

냄새를 글로 표현하는 것만큼 어려운 일은 없는 것 같다. 언제나 힘이 든다.

색체와 소리는 다른 것의 이미지를 빌려서 어떻게라도 전달 할 수 있다. 예를 들어 하얀 유리가루가 쏟아지는 것 같은 한 낮의 여름 하늘이라고 한다면, 눈이 부셔서 제대로 뜰 수 없음을 느낄 수 있다. 우뢰와 같은 큰 북소리가 들려온다고 하면 읽는 사람에게 그 느낌이 전해질 것이다.

그러나 '샤넬 N°5'은 어떤가. 과연 어떤 표현이 가능한가.

우리가 '샤넬 N°5'를 소개 할 때 우아하고 매력적이며 현대적인 시간을 초월하는 향수이다. 고작 그 정도의 표현이다.

게다가 좀 더 부연 설명을 하자면 섹시함의 대명사인

여배우 마릴린 먼로에게 잘 때는 어떤 옷을 입습니까?
하는 질문에 샤넬 N°5를 입고 잔다고 대답한 것으로
유명하다. 그럼에도 냄새에 대한 표현은 없다.

러시아 어느 시골의 아침. 안개가 촉촉이 깔려있는 호
수를 거닐 때의 인상을 조향사 어네스트 보가 향기로
재현한 것이 '샤넬 N°5'다. 남프랑스의 도시, 블가리아
의 장미, 쟈스민 등을 주원료로 한 향기다.

코코샤넬이 "5번이 좋군요. 그 건 내가 기다리던 향
기에요 그 향기는 무엇과도 닮지 않았어요."라고 회상
한들 그 냄새는 표현되어진 게 아니다.

또 있다. 향수 로리에는 어떤가. 260여 년의 전통을
지닌 프랑스 소지오의 원액을 블랜딩한 최고의 향수. 그
정도일 뿐이다.

어째서 냄새에 대해서는 이렇게 언어로 표현하는 게
어려운 것일까.

냄새는 모양도 없고 만질 수도 없고 그저 후각만으로
느끼기 때문이다. 머리로 받아들이는 게 아니라서 두뇌
를 구사하는 문장표현은 쫓아 갈 수 없다는 얘기다.

냄새는 두뇌에 의한 판단의 전부를 초월한 곳에 존재
한다. 기준이 되는 건 인간의 생리의 근원인 쾌인가 불
쾌인가 밖에 없다.

그래서 작가로서는 냄새를 표현 할 때 그 냄새를 느
끼고 있는 인간의 쾌인가 불쾌인가를 쓸 수밖에 없다.

인간의 감성은 제각기 다르고 그때 그 순간의 기분에 의해 미묘한 차이가 있다.

바닷가는 많은 냄새를 가지고 있다. 여러 가지 해초와 콘크리트 벽에 버려져 썩은 생선 냄새. 쓰레기 냄새.

청정한 풍경 속에도 썩은 냄새는 있듯이 더러운 항구에도 청결한 해풍은 분다.

기억 속에 있는 냄새와 씨름하는 건 어렵지만 그래도 해 볼 만한 작업이다.

어렸을 적 맡았던 표현 할 수 없는 6월의 제주바다 냄새가 몸부림치게 그립다.

사랑할
각오가
되어있나요

　성서에는 '사랑'이라는 말이 여러 번 등장한
다. 신약성서 만에도 292번이나 나온다.
　반복해서 얘기하는 것은 중요하기 때문이다. 또 쉽게
알 수 없으니 실행하기도 어렵다.
　기독교의 결혼식에서 반드시 사용되는 성경 말씀은
고린도전서 13장이다. 특히 4절부터는 사랑의 성질이
하나하나 적혀있다.
　사랑이라면 로맨틱한 것을 상상하지만 다르다.
　사랑의 제1의 성질은 '인내' '관용'이다.
　영어로는 'suffers long〈오래 견디다〉, pitient〈참는
다〉'라고 되어있다.
　예수의 제자 요한은 '신은 사랑이다.'고 했다
　출애굽기에서 신은 자신을 잘 참고 화내기를 더디 하
신다고 하셨다.

사랑할 각오가 되어있습니까. 당신은

　- 사랑은 오래 참고 사랑은 온유하며 시시하지
　아니하며 교만하지 아니하며 -

　　　　　　　-고린도전서 13장 4절-

엉겅퀴 꽃을
사랑합니다

이스라엘 여행 둘째 날. 렌트카를 빌리러 갔다. 그 사무실 벽면에 커더란 포스터가 붙어 있었다. 초록색 바탕에 보랏빛 야생 엉겅퀴 꽃이 가득 핀 모습이었다.

잎 가장자리가 깊게 갈라지고 끝에 뾰족한 가시들이 있는 모습이었지만, 아름답게 보였다.

거기엔 '우리들은 당신들에게 장미화원은 약속하지 않는다.'라고 쓰여 있었다.

나는 "재미있는 포스터네요. 어디서 붙인 거예요?" 하고 주인에게 물었다.

여기저기 흩어져 살던 유대인들이 다시 조국으로 돌아오는 '귀환동맹'에서 만든 포스터라고 했다.

어떻든 디아스포라Diaspora의 상태에 있는 세계 각국의 유대인들을 받아들이는 기관이라 해도, 냉정하다.

그들에게 그들은 달콤한 꿈을 품지 말고 돌아오라고 한다. 이스라엘에 있는 것은 장미의 화원이 아니다. 가시가 있는 야생의 엉겅퀴밖에 살아갈 수 없는 들판이라고 호소한다.

세상은 험한 곳. 인간의 일생은 고난의 연속이라는 것. 그러나 그것을 견뎌낼 때 행복해질 수 있다는 걸 가르친다는 것이다.

나는 고개를 끄덕였다.

나도 상황은 다르지만 그와 같은 얘기를 아이들에게 해왔다. 세상의 부모들 중에 그와 같은 얘기를 하는 사람들도 꽤 많을 것이라는 생각이 든다.

이스라엘에서는 국가도 국민에게 같은 걸 배워주고 요구한다.

한국에서는 어떤가.

한국의 정치가는 그렇게 말하지 않는다. 거기에 위선이 생긴다.

만일 "세상은 영원히 안전하지 않다. 인생은 고난의 연속이다. 그러니 참고 견디어 내라"고 한국의 정치가가 말했다면 그것으로 그 사람의 정치생명은 끝일 것이다.

솔직함을 받아들이는 국민이 과연 얼마나 있을까.

거짓말을 하는 것은 정치가뿐만이 아니다. 불가능한 것을 요구하고 거짓말을 하게 하는 매스컴과 국민, 양쪽에 있다.

2천 년 가깝게 타국에서 뿌리 없는 풀의 생활을 했던 사람들이 돌아온 이스라엘 국가는 오히려 그들에게 괴로운 미래와 의무를 약속했다.

그것은 이집트를 탈출한 모세가 손에 넣은 자유의 보상으로서 한 40년의 광야생활이었다.

여행 중 나는 새삼 구약성서의 모세 5경을 떠올렸다. '창세기', '출애굽기', '레위기', '민수기', '신명기'.

이것들은 유대인의 원천이며 지금도 한층 더 많은 의미로 그들 사랑의 근본이라는 걸 잘 알 수 있었다.

게다가 나처럼 성서 전문가도 아닌 이상 잘못 해석을 해도 용서받을 수 있지 않을까 하는 위안도 해본다.

나는 지금에 와서도 이스라엘의 외교의 교과서가 모세 5경이라는 생각을 여행 중에 떨쳐 버릴 수가 없었다.

예를 들어 출애굽기는 야훼 하나님이 파라오에 의해 이집트에서 괴로운 생활을 하고 있던 유대인들을 구출했다. 모세의 손에 의해서. 시나이 산에 놓고 도덕이 기본이 되는 10계명을 주고, 그 외에도 계약법전과 제의祭儀 법전을 줬다고 적혀 있다.

모세가 이집트를 빠져 나오기까지의 고생은 이루 말할 수 없었다. 그 모든 고난과 힘든 상황을 읽을 때마다 어쩌면 이렇게 문학적이기도 한가 하는 생각에 새삼 전율을 느낀 적도 있다.

렌트카의 열쇠를 받고 나오면서 다시 한 번 엉겅퀴의

포스터를 봤다.

왠지, 내겐 여전히 멋스럽고 아름답다.

지금도 모세 5경은 유대정신을 여는 열쇠라는 생각을 하며 나왔다.

내
가슴속의
시詩

바벨론 포로는 미가, 이사야, 예레미야같은 예언자에 의해 각기 장소와 때를 알렸지만 바벨론의 왕 네부카드네자의 통치 아래에서 그 절정에 달하였다. 기원전 587년이다. 예루살렘을 정복한 왕은 신전의 기물과 왕족의 시작으로 7년 후에 왕의 어머니와 아내들, 관리, 용사들을 강제적으로 데려갔다.

11년 후 그는 예루살렘을 파괴하고 남아있던 사람들 중에 빈민만을 남겨두고 데리고 돌아가 포도주 만들기와 농업에 종사시켰다.

재미있는 것은 바벨론의 포로들은 그렇게까지 힘든 생활만을 시킨 건 아닌 것 같다.

　- **너희는** 그들의 말을 듣지 말고 바벨론의 왕을
　　섬기라. 그리하면 살리라. 어찌하여 이 성을 황

무지가 되게 하려느냐

-예레미야 27장 17절-

얘기했듯이 그들은 그 땅에 어느 정도 동화했다는 생각이 든다. 밭을 일구고 집을 짓고, 인구가 줄어들지 않을 정도의 좋은 생활을 지속했다.

그러나 예루살렘을 떠나온 사람들은 자신의 고향을 그리워했다.

'시편' 중에 가장 빛나는 문학적인 부분이 여기가 아닐까 생각한다.

- 우리가 바벨론의 여러 강변 거기에 앉아서 시온을 기억하며 울었도다.

그중에 버드나무에 우리가 우리의 수금을 걸었나니

이는 우리를 사로잡은 자가 거기서 우리에게 노래를 청하며 우리를 황폐하게 한자가 기쁨을 청하고 자기들을 위하여 시온의 노래 중 하나를 노래하라 함이로다.

우리가 이방 땅에서 어찌 여호와의 노래를 부를까

예루살렘아 내가 너를 잊을진대 내 오른손이 그의 재주를 잊을지로다.

내가 예루살렘을 기억하지 아니하거나 내가 가

장 즐거워하는 것보다 더 즐거워하지 아니할진
대 내 혀가 내 입천장에 붙을지로다. -

-시편 137편 1절~6절-

이 망향의 염원은 이론이 아니다. 가슴에서 우러나오
는 그리움이다.

인간에게 있어 태어난 곳의 의미는 무엇인가 하는 걸
종종 생각해 볼 때가 있다. 그 출생이 결코 축복받지 못
했다고 하더라도 사람들은 고향에 대한 본능적인 추억
을 갖는다.

망향에 대한 얘기는 또 있다. 다윗이 사울을 피해 달
아나서 숨었던 곳, 엔게디 폭포 아래의 동굴에서 지낼
때였다.

다윗이 그곳에서 베들레헴의 초록이 물든 목야를 그
리워한다. 부드러운 나무숲, 물을 머금은 햇살 꽃내음.
다윗은 어느 날 문득 읊조린다.

- 다윗이 소원하여 이르되 베들레헴 성문 곁 우물
물을 누가 내게 마시게 할까 하매 -

-사무엘하 23장 15절-

그것은 결코 명령이 아니었음을 나중에 알게 된다. 다
윗은 마음이 약해지고 그저 고향의 물을 갈망했다.

그러자 그의 충실한 세 부하가 밤에 몰래 블레셋 사람을 피해 그 우물물을 길어왔다. 다윗에게는 예상 밖의 일이었다.

광야의 메마른 날에 얼마나 충성스러운 마음인가를 말했지만 다윗은 그 물을 여호와께 부어 드렸다.

> — 여호와여 내가 나를 위하여 결단코 이런 일을 하지 아니 하리이다. 이는 목숨을 걸고 갔던 사람들의 피가 아니니이까하고 마시기를 즐겨하지 아니하리라 —
>
> —사무엘하 23장 17절—

다윗은 그 물을 원했을지 모른다. 그보다도 주님께 드리는 소중함 외에는 그의 가슴에 없었다.

이 두 개의 정경은 교훈도 가르침도 아니다. 유례없는 인간적인 슬픔과 망향에 대한 마음을 나타내고 있다고, 나는 생각한다.

세상이 날로 험해져서 이젠 가슴에 품을 한편의 시詩도 없이 살아간다면 너무도 슬프다는 생각이 든다.

이름을
붙여주시니

'시편'에는 하나님이 우리 한 사람 한 사람을
얼마나 정확하게 지켜보고 계신가 하는 게 적혀있다.

> - 억눌린 사람들을 위해 정의로 심판하시며 주린
> 자들에게 먹을 것을 주시는 이로다. 여호와께서
> 는 갇힌 자들에게 자유를 주시는 도다.
> 맹인들의 눈을 여시며 여호와께서 비굴한 자들을
> 일으키시며 여호와께서는 의인들을 사랑하시며
> 나그네들을 보호하시며 고아와 과부를 붙드시
> 고 악인들의 길은 굽게 하시는 도다. -
> 　　　　　　　　　　　-시편 146편 7절~9절-

나는 이 두 말씀에 대한 정확한 뜻을 실은 모른다. 이
말씀을 대할 때마다 대학 시절에 친구 집에서 우연히 봤

던 별자리지도가 떠오른다. 5만 분의 1로 축소되어 있는 것이었는데, 내겐 별 감흥이 없었다. 최악의 근시여서인지 별로 그렇게 많이 보이지 않았다.

그러나 '스미소니언'의 천문대에 나오는 별자리지도에는 정신이 아득해 질 것 같은 수의 별이 기록되어 있다.

물론 별자리지도를 만든 것은 하나님이 아니라 인간이다. 그래서인지 아무리 분발해도 26등급까지의 별밖에 기록 할 수 없었다고 한다.

더 작은 별이 틀림없이 엄청나게 있을 텐데 그때 '별의 수 만큼 있다'라는 표현이 무려 설득력 있게 다가왔다. 내가 생각하는 것 이상의 것이 수없이 많이 존재한다는 생각에 묘하게 두근거렸다.

그런 별 하나하나에 하나님은 이름을 다 붙이시고, 기억하고 계시다고 한다. 아무리 작은 것에라도 저 모퉁이 구석에 있는 자, 아무 말 하지 않고 있는 자라도 하나님은 결코 없는 것으로 하지 않으신다는 얘기다. 그 존재에 알맞은 정확한 이름을 붙여주신다.

목소리가 큰 자, 중심에 있는 자에게만 이름은 붙이는 인간의 협소함에는 부끄러울 뿐이다. 우리들의 부끄러움이다.

힘 있는 사람은 그냥 둬도 된다.

지금 빛나고 있는 별과 그렇지 않은 별과의 차이는 사랑이 있느냐는 것이다.

사랑보다 정교하지 못한 눈으로는 별을 다 헤아릴 수가 없다.

우리들은 글자 그대로 잠깐 동안 사는 것이다. 그럼에도 자신의 존재를 조금은 의미있는 것으로 만들고 싶어 안달한다.

어느 해인가 나폴레옹의 무덤에 간 적이 있다. 나폴레옹은 잊혀지지 않은 것처럼 보였다.

문득 그런 생각이 들었다. '나폴레옹은 그 자신으로서 지금도 기억되고 있는가. 그럴리 없다. 그냥 프랑스의 역사 속에 있을 뿐이다.' 라는.

> - 인생은 그 날이 풀과 같으며 그 영화가 들의 꽃과 같도다.
> 그것은 바람이 지나가면 없어지나니 그 있던 자리도 다시 알지 못하거니와 -
>
> -시편 103편 15절~16절-

살아온 시간 되돌아보며 중얼거려 본다.

별자리지도에는 나올 수 없었던 나를 하나님은 기억하시어 사랑으로 이름 붙이시고 살게 하셨으니.

나를
지키시고
계신데

지난 5년은 병마와 싸우는 시간 이었다. 암을 선두로 온갖 병이 나를 괴롭혔다. 일 년에 한 번씩 대수술을 받고 나머지 시간은 치료를 위해 병원 문턱이 닳도록 들락거렸다.

육체의 고통은 우울증까지 가져왔다. 모든 것에 의욕을 잃고, 이미 삶에 의미가 없어졌다.

삼십 년을 글 쓰는 일을 해온 내가 글 한 줄을 쓸 수 없음은 물론이고, 내 직업이 싫어졌다. 마감을 독촉해오는 원고 청탁에도 손을 놓았다. 너무도 쉽게 무너지는 내 자신을 보면서도, 기도도 하지 않았다. 예배도 소홀히 하고 말씀은 더 멀리 됐다.

고통과 함께 지낸 밤이 새면, 이 병원 저 병원으로 약 받으러 다니는 것으로 매일을 보냈다.

문득 분노가 끓었다. 하나님, 왜 하필 저인가요? 물

론 게을러터지고 나쁜 짓도 많이 하고, 썩 착하게 살진 못했습니다. 그렇지만 이 정도에서 좀 봐주시면 안 될까요? 제발.

나는 무릎 꿇고 기도하는 게 아니라 따지고 덤볐다.

그리고 내가 갇혀 있는 이 벽을 어떻게라도 해보려고 앙탈을 부렸다. 밀어도 당겨도 그 벽은 꿈적도 안했다. 이 상황을 어떻게든 해보려고 하면 할수록 더 엉망이 되었다. 몸과 마음은 이미 만신창이가 되었다.

예배와 말씀을 멀리 할수록 더 피폐해져 감을 나는 몰랐다. 육체의 고통과 억울하다는 생각으로 가득 찬 나는 앙상한 나뭇가지 같았다.

그럴수록 더 반항했다. 어린아이처럼 굴었다. 누구에게? 내 스스로에게 화를 내며 비뚤어지게 지냈다.

어디까지가 뒤이고, 어디까지가 앞인지 모르는 시간을 보내면서, 많이 외로웠다.

침묵하고 계시는 하나님이 밉기도 했지만, 사실 그리웠다. 예배시간이 그립고 말씀에 갈증이 생겼다.

가을이 깊어진 날. 베란다에 의자를 놓고 앉았다. 무릎담요를 덮고 그 위에 성경을 펼쳤다. 눈물이 났다. 하나님은 항상 옆에서 나를 지키고 계셨는데 나는 왜 몰랐을까.

- 여호와께서 자기 백성의 상처를 싸매시며

  그들의 맞은 자리를 고치시는 날에는

  달빛은 햇빛 같겠고

  햇빛은 일곱 배가 되어

  일곱 날의 빛과 같으리라. -

                    -이사야 30장 26절-

  곁에서 묵묵히 일하시는 하나님이 계신데 왜 나는 그 토록 외로워했을까.

  하나님의 절대적인 보호하심 속에 있으면서 왜 그걸 못 깨달았을까.

  하나님은 슬픔, 분노, 질병 그 모든 것을 치유해 주시는데.

  아직도 믿음이 약한 나를 이번에는 이렇게 일으켜 세우신다.

신화와 전설이 만날 때

인쇄   2023년 9월 15일
발행   2023년 9월 20일

지은이 김가영

펴낸곳 열림문화
주소   제주특별자치도 제주시 청귤로 15
전화   (064)755-4856
팩스   (064)721-4855
이메일 sunjin8075@hanmail.net
인쇄   선진인쇄사

ISBN 979-11-92003-35-1 (03810)
값 15,000원

※ 이 책은 제주특별자치도 지원금을 받아 제작 되었습니다.